अर्थशास्त्र शब्दकोश

अर्थशास्त्र शब्दकोश

राजेश कुमार सिंह

मनोरंजन कुमार

प्रकाशक : **नमस्कार बुक्स**

भवन संख्या 2/42 (दूसरी मंजिल), अंसारी रोड, दरियागंज, नई दिल्ली–110002

 / संस्करण : प्रथम, 2022 / मूल्य : दो सौ पचास रुपए

मुद्रक : आर–टेक ऑफसेट प्रिंटर्स, दिल्ली ISBN 978-93-5571-269-1

ARTHASHASTRA SHABDAKOSH

by Shri Rajesh Kumar Singh • Shri Manoranjan Kumar ₹ 250.00

Published by **NAMASKAR BOOKS**

Building No. 2/42 (Second Floor), Ansari Road, Daryaganj, New Delhi-2

दो शब्द

काफी समय से हिंदी में 'अर्थशास्त्र शब्दकोश' (Economic Terminology) पर एक ऐसी पुस्तक की आवश्यकता महसूस की जाती थी, जो हिंदीभाषी प्रतियोगी परीक्षार्थियों की आवश्यकता को पूरा कर सके। वर्तमान में विभिन्न प्रतियोगिता परीक्षाओं में 'अर्थशास्त्र शब्दकोश' से अच्छे-खासे प्रश्न पूछे जा रहे हैं। आर्थिक शब्दावली या आर्थिक सिद्धांत प्राय: कठिन विषय समझे जाते हैं तथा विद्यार्थियों को इनसे संबंधित जटिल समस्याओं को समझने तथा हल करने में विशेष कठिनाइयों का सामना करना पड़ता है। अत: प्रस्तुत पुस्तक 'अर्थशास्त्र शब्दकोश' में संबंधित जटिल समस्याओं को सरल, स्पष्ट एवं रोचक ढंग से समझाने का भरपूर प्रयास किया गया है। विषय सामग्री को समझाते समय यथासंभव दृष्टांतों, आवश्यकतानुसार रेखाचित्रों एवं चित्रों, सूत्रों का भी समावेश किया गया है। तकनीकी शब्दों को अंग्रेजी में लिखा गया है। ताकि प्रतियोगी विद्यार्थी एवं विद्यालय, विश्वविद्यालय व शोध विद्यार्थी आसानी से खोज कर उसकी मौलिकता से परिचित हो सकें, तथा प्रश्नों के उत्तर आसानी से दे सकें।

पुस्तक के अंत में विभिन्न प्रतियोगिता परीक्षाओं (प्रारंभिक और मुख्य) (P.T. and Mains) में पूछे गए प्रश्नों के आधार पर अभ्यास के लिए कुछ प्रश्न भी दिए गए हैं। इससे विद्यार्थियों को परीक्षा के स्तर का आभास हो सकेगा एवं हर स्तर के विद्यार्थियों के लिए यह काफी मददगार भी साबित होगा। प्रश्नों के साथ ही उनके उत्तर हेतु संक्षिप्त एवं विस्तृत संकेत भी दिए गए हैं।

अंततः अपने उद्देश्य में हम कहाँ तक सफल हो सके, इसका निर्णय अध्यापकगण एवं विद्यार्थियों और खासकर U.P.S.C. प्रतियोगी परीक्षार्थी ही कर सकेंगे। हमें आशा ही नहीं बल्कि पूर्ण विश्वास है कि प्रबुद्ध विद्यार्थी एवं शिक्षक हमारे प्रयासों को पसंद करेंगे तथा पुस्तक को और अधिक उपयोगी बनाने के लिए हमें अपने सुझाव देकर अनुगृहीत करते रहेंगे।

इसके लिए हम आप लोगों के सदा आभारी रहेंगे।

लेखकद्वय

—राजेश कुमार सिंह

M.A. (Psy His.), PGDJMC. BLIS-PU

एवं

—मनोरंजन कुमार

M.A. (ECO.), L.L.B.-J.P.U

आभार

माँ शारदे की कृपा व माता-पिता के आशीर्वाद से यह पुस्तक आप सुधी पाठकों के समक्ष प्रस्तुत है। यह पुस्तक तैयार करने में मुझे जिन लोगों का सहयोग व मार्गदर्शन प्राप्त हुआ, मैं उनका कोटि-कोटि आभार व्यक्त करता हूँ। साथ ही मैं अपने सहयोगी व शिक्षक श्री मनोरंजन कुमार का भी हृदय से आभार व्यक्त करता हूँ, जिनके कठिन परिश्रम से यह कार्य संभव हो सका।

3.1.2022

—राजेश कुमार सिंह

छपरा

अनुक्रम

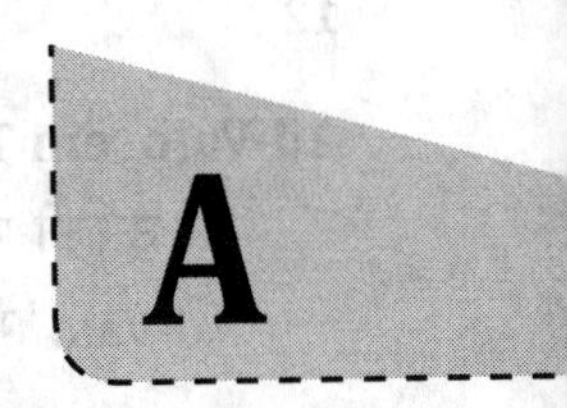

Abnormal Profit or Supernormal Profit (असामान्य लाभ) : जब एक साहसी की आय सामान्य लाभ से अधिक होती है तो उसे 'असामान्य लाभ' कहते हैं।

Account Payee Cheque (पावक खाता चेक) : जब किसी चेक के बाईं ओर ऊपरी कोने में दो समांतर रेखाओं के मध्य 'Account Payee Only' लिख दिया जाता है, तो उस चेक को 'पावक खाता चेक' कहते हैं। यदि आदाता का बैंक में खाता नहीं है, तब भुगतान प्राप्त करने के लिए किसी बैंक में उसे खाता खोलना पड़ेगा। यह बहुत ही सुरक्षित चेक है।

Accrued Income (उपार्जित आय) : ऐसी आय जो चालू वर्ष में अर्जित कर ली जाए, किंतु वास्तव में जो वर्ष के अंत तक प्राप्त नहीं होती, 'उपार्जित आय' कहलाती है।

Administered Prices (प्रशासित मूल्य) : जब किसी वस्तु का मूल्य निर्धारण बाजार की माँग और पूर्ति की शक्तियों द्वारा न होकर केंद्रीय शक्ति द्वारा होता है तो उसे 'प्रशासित मूल्य' कहते हैं।

Advalorem Tariffs (मूल्यानुसार प्रशुल्क) : जब तटकर किसी वस्तु के मूल्य के किसी निश्चित प्रतिशत के रूप में लगाया जाता है तो उसे 'मूल्यानुसार तटकर' कहते हैं। इस प्रकार के तटकर वस्तु के भार तथा उसकी माप के अनुसार नहीं लगाए जाते। यह प्रशुल्क उन वस्तुओं पर लगाए जाने चाहिए, जैसे—दुर्लभ पुस्तक, याचिका आदि।

Ad-Valorem Tax (मूल्यानुसार कर) : वस्तुओं पर लगाए गए ऐसे कर जो उनकी मात्रा के आधार पर न लगाकर मूल्यानुसार लगाए जाते हैं Ad-Valo 'मूल्यानुसार कर' कहलाते हैं।

Advance Decline (एडवांस डिक्लाइन) : यह शेयर बाजार की प्रवृत्ति को प्रदर्शित करनेवाला एक माप है। किसी समयावधि में मूल्य वृद्धि को प्रदर्शित करनेवाले शेयरों की संख्या का ह्रासवाले शेयरों की संख्या के साथ अनुपात ही 'एडवांस डिक्लाइन' कहलाता है।

Affluent Society (एफ्लुएंट सोसाइटी) : इस शब्द का प्रयोग समाज के उस वर्ग के लिए किया जाता है, जो अति संपन्न है तथा अपनी तमाम मौलिक आवश्यकताओं की पूर्ति करने के उपरांत भी इन लोगों के पास इतनी आय बची रहती है कि ये विभिन्न प्रकार के विलासितापूर्ण उपभोग करने लगते हैं। प्रो. जे.के. गालब्रेथ ने इस शब्द का प्रयोग सर्वप्रथम अमेरिका के संदर्भ में किया था।

Agricultural Bank (कृषि बैंक) : किसानों के पास उनकी जमीन अथवा गल्ला के अतिरिक्त कोई ठोस गिरवी नहीं होती, जिस कारण व्यावसायिक बैंक तथा औद्योगिकी बैंक किसानों को ऋण देने से हिचकिचाते हैं और कृषि संबंधी आवश्यकताओं को पूरा नहीं कर पाते। अतः कृषि के अर्थ प्रबंधन के लिए कुछ विशेष प्रकार के बैंकों की आवश्यकता महसूस की गई। अतः कृषि कार्य के लिए धन की व्यवस्था करनेवाले बैंकों को ही 'कृषि बैंक' कहा जाता है।

कृषि बैंक दो प्रकार के होते हैं—(1) भूमि बंधक बैंक और (2) सहकारी बैंक एवं सहकारी समितियाँ।

नोट : भूमि बंधक बैंक किसानों को दीर्घकालीन साख देते हैं तथा सहकारी बैंक अल्पकालीन एवं मध्यकालीन साख का प्रबंध करते हैं। B.P.S.C.-1998 (PT)

भारत में किसानों को तीन प्रकार की साख की जरूरत पड़ती है—

1. अल्पकालीन साख (Short Term Credit) 6 माह से 15 माह तक।

2. मध्यकालीन साख (Medium Term Credit) 15 माह से 5 वर्ष तक।

3. दीर्घकालीन साख (Long Term Credit) 5 वर्ष से 25 वर्ष तक।

Agricultural Credit Card (कृषि साख-पत्र) : व्यावसायिक बैंकों द्वारा प्रारंभ की गई एक ऐसी व्यवस्था, जिसके अंतर्गत अच्छा उत्पादन करनेवाले किसानों को तत्काल ऋण प्रदान किया जाता है, जिसके लिए विशेष औपचारिकताएँ नहीं होतीं।

Amortization (परिशोधन) : किसी ऋण के ब्याज के पूर्ण भुगतान को 'परिशोधन' कहते हैं।

Annuity (वार्षिकी) : किसी पूर्व निर्धारित योजना के अनुसार प्रतिवर्ष एक या अधिक किस्तों में प्राप्त होनेवाला भुगतान 'वार्षिकी' कहलाता है। जैसे—सरकारी ऋणपत्रों पर ब्याज का भुगतान 'वार्षिकी' के रूप में हो सकता है।

Antedated Cheque (पूर्व-दिनांकित चेक) : यदि आहरणकर्ता चेक लिखने की तारीख से पहले की कोई तारीख चेक पर लिखता है, तो ऐसे चेक को 'पूर्व-दिनांकित चेक' कहा जाता है। इसे (Antedate) 'पूर्ववर्ती तिथि' भी कहा जाता है।

Arbitrage (विवाचन) : इस शब्द का प्रयोग सामान्यत: विदेशी विनिमय के संदर्भ में किया जाता है। स्वतंत्र विदेशी मुद्रा बाजारों में यदि किसी स्थान पर कोई मुद्रा कम मूल्य पर खरीदी जाए तथा तुरंत ही किसी दूसरे स्थान पर ऊँचे मूल्य पर बेच दी जाए तो मूल्यों के इस अंतर के कारण होनेवाले लाभ को 'विवाचन' कहते हैं।

Arbitration (पंचनिर्णय) : उद्योगों या फर्म में उत्पन्न विवादों को किसी तीसरे व्यक्ति या शासकीय अधिकरण (जो किसी दल का न हो) द्वारा

फैसला करना 'पंचनिर्णय' कहलाता है।

Asian Development Bank (एशियाई विकास बैंक) : इसकी स्थापना दिसंबर 1966 में Economic Commision e.c. Asia and the Far East (ECAFE) के तत्त्वावधान में एशिया के देशों के आर्थिक विकास हेतु की गई थी। इसका मुख्यालय मनीला में स्थित है, इसका मुख्य उद्‌देश्य एशियाई देशों में आर्थिक विकास को व्यक्तिगत एवं सामूहिक रूप से तीव्र गति प्रदान करना है।

Assets (परिसंपत्ति) : किसी व्यक्ति, कंपनी की सभी प्रकार की संपत्ति, जिसके द्वारा वह अपने ऋणों का कानूनी भुगतान कर सकता है, उसे 'परिसंपत्ति' कहते हैं।

At Par (सममूल्य) : किसी शेयर को उस शेयर के प्रमाणपत्र पर अंकित कीमत पर जारी करना या बेचना 'सममूल्य' कहलाता है।

At Premium (अधिमूल्य) : शेयर प्रमाणपत्र पर अंकित मूल्य से अधिक मूल्य पर शेयर बेचना 'अधिमूल्य' कहलाता है।

Authorised Capital (अधिकृत पूँजी) : प्रत्येक बैंक या कंपनी काम शुरू करने से पहले अधिकृत पूँजी की घोषणा करती है और इस पूँजी के आधार पर अपने शेयर्स जारी करती है अर्थात् पूँजी की वह अधिकतम मात्रा, जिस सीमा तक कोई कंपनी अपने शेयर जारी कर सकती है। यह आवश्यक नहीं कि कंपनी द्वारा जारी किए गए शेयरों का मूल्य अधिकृत पूँजी के बराबर ही हो। यह अधिकृत पूँजी के बराबर या उससे कम हो सकता है, किंतु अधिक नहीं।

Average Cost (औसत लागत) : कुल उत्पादन लागतों में वस्तु की उत्पादित इकाइयों की संख्या से भाग देने से औसत लागत निकलती है।

$$\text{औसत लागत} = \frac{\text{कुल लागत}}{\text{कुल उत्पादन}}$$

M.P. PSC. PT 2000

Average Revenue (औसत आगम) : बिक्री से प्राप्त कुल पैसे में बेची गई उत्पादन की मात्रा से भाग देने पर औसत आगम (Average Revenue) प्राप्त होती है।

$$\text{औसत लागत} = \frac{\text{कुल लागत}}{\text{उत्पादन की मात्रा}}$$

□

B

Bad Debt (अपर्याप्त ऋण) : वैसा ऋण जिसकी वापसी की संभावना नहीं के बराबर होती है, 'अपर्याप्त ऋण' कहलाता है।

Badla (बदला) : जब निवेशक शेयर बाजार में किसी शेयर को जल्दी मूल्य वृद्धि की आशा से खरीदता है, लेकिन सौदे के निपटान तक उसका मूल्य बढ़ा ही नहीं तो निवेशक या तो पूर्ण भुगतान कर देगा या अपने सौदे को अगली निपटान तिथि तक आगे खिसका सकता है, जिसके लिए उसे सौदे के कुल मूल्य के एक निश्चित प्रतिशत के रूप में भुगतान करना होता है, जिसे 'बदला' कहते हैं।

Balance of Payments and Balance of Trade (भुगतान शेष और व्यापार शेष) : किसी एक देश का शेष विश्व के लोगों, व्यापारियों, सरकार एवं अन्य संस्थानों के बीच निर्दिष्ट अवधि में हुए सभी आर्थिक सौदों का लेखा-जोखा 'भुगतान संतुलन' कहलाता है। इसमें वस्तुओं के आयात-निर्यात के अतिरिक्त अन्य कई मदें शामिल की जाती हैं। जैसे—बीमा, पर्यटक सेवाएँ, ब्याज का भुगतान आदि। व्यापार संतुलन में केवल वस्तुओं के आयात-निर्यात का अंतर शामिल किया जाता है, जबकि भुगतान संतुलन में व्यापार संतुलन के अतिरिक्त सेवाएँ भी शामिल की जाती हैं।

भुगतान शेष (संतुलन)—

1. भुगतान संतुलन एक व्यापक धारणा है।
2. भुगतान संतुलन में दृश्य तथा अदृश्य दोनों मदों को शामिल किया जाता है।
3. भुगतान शेष सदैव संतुलित रहता है।

व्यापार शेष (संतुलन)—

1. व्यापार शेष भुगतान शेष का एक अंश है।
2. इसमें केवल दृश्य मदों को शामिल किया जाता है।
3. व्यापार शेष संतुलित और असंतुलित दोनों हो सकता है।

Bank Credit (बैंक साख) : इसका अभिप्राय सभी प्रकार की जमा राशियों, ऋण पत्रों तथा साख-पत्रों में होता है। इसके अंतर्गत केंद्रीय बैंकों द्वारा जारी किए गए कागजी नोटों को भी शामिल किया जाता है तथा बैंक को लोगों से जमा राशियाँ प्राप्त होती हैं, उसे 'बैंक साख' कहते हैं।

Bank Draft (बैंक ड्राफ्ट) : यह चेक की तरह ही होता है, जिसे एक बैंक अपनी अन्य शाखाओं अथवा बैंकों पर लिखता है, जिसमें यह आदेश दिया जाता है कि ड्राफ्ट के वाहक को उस पर अंकित रकम माँग करने पर दी जाए। जब मुद्रा किसी दूसरे स्थान पर भेजनी होती है तो मुद्रा भेजनेवाला व्यक्ति बैंक को पूरी रकम के साथ-साथ कमीशन भी जमा कर देता है और बैंक की ओर से ड्राफ्ट मिल जाता है, फिर यह ड्राफ्ट आदाता को डाक द्वारा भेज दिया जाता है, इस प्रकार आदाता ड्राफ्ट को बैंक में जमा कर देता है और उसके बदले रकम प्राप्त कर लेता है।

Bank Pronote (प्रतिज्ञापत्र) : यह वह प्रतिज्ञापत्र होता है, जो देश के केंद्रीय बैंक द्वारा जारी किया जाता है, जिसमें लिखी गई रकम का भुगतान वाहक को माँग करने पर दिया जाता है।

उदाहरणार्थ—भारत का कागजी नोट (RBI द्वारा जारी किया गया)

Bank Rate (बैंक दर) : किसी भी देश के केंद्रीय बैंक घरेलू अन्य बैंकों (जैसे—व्यावसायिक बैंक) को जिस दर पर ऋण उपलब्ध कराते हैं, वह 'बैंक दर' कहलाती है। कुछ देशों में बैंक दर को कटौती दर (Discount Rate) भी कहते हैं।

Barter System (वस्तु-विनिमय प्रणाली) : वस्तुओं के बदले वस्तुओं का आदान-प्रदान करना 'वस्तु-विनिमय प्रणाली' कहलाती है। इसमें

Money का उपयोग नहीं होता है, लेकिन वस्तु–विनिमय प्रणाली से संबंधित समस्याओं को Money द्वारा दूर किया जाता है।

Bear (मंदड़िया) : यह स्टॉक एक्सचेंज के उस व्यक्ति को कहा जाता है, जो इस उम्मीद से शेयर या ऋणपत्र को भविष्य में देने का वादा करके बेचता है कि उस वस्तु के मूल्य भविष्य में घट जाएँगे।

Bearer Bond (धारक बॉण्ड) : धारक बॉण्ड वे ऋणपत्र हैं, जिनका भुगतान परिपक्वता पर कोई भी भुगतान प्राप्त कर सकता है, इन पर न तो खरीददार का नाम लिखा रहता है और न ही हस्तांतरित करते समय इनके पृष्ठ भाग पर हस्ताक्षर ही करने होते हैं। इनका उपयोग काले धन को सफेद धन में बदलने के लिए किया जाता है।

Bearer Cheque (साधारण चेक) : यह एक ऐसा चेक है, जिसका भुगतान बैंक द्वारा चेक प्रस्तुत करनेवाले व्यक्ति अथवा वाहक को किया जाता है। बैंक इस बात की पूछताछ नहीं करता कि वास्तव में वही रकम पाने का हकदार है अथवा नहीं। यह बहुत ही असुरक्षित चेक है।

Beggar My Neighbour Policy (बेगर माई नेबर पॉलिसी) : किसी देश की ऐसी स्थिति, जिसमें देश की आर्थिक दशाओं एवं बेरोजगारी में सुधार के लिए कदम उठाए जाते हैं, जिसका विपरीत प्रभाव पड़ोसी देशों के ऊपर पड़ता है।

Bilateralism (उभयपक्षिता) : दो राष्ट्रों के बीच व्यापार एवं भुगतान के लिए की गई विशेष व्यवस्था को 'उभयपक्षिता' कहते हैं।

Bill of Loading (लदान बिल) : इसको 'लदान रसीद' भी कहते हैं। लदान बिल अथवा लदान रसीद जहाज कंपनी द्वारा माल प्राप्ति की रसीद होती है। जिसमें माल का पूर्ण विवरण, लदान की तिथि, माल पहुँचाने का स्थान आदि तथ्यों का विवरण होता है। बैंकों द्वारा इस प्रकार के बिलों के प्रति ऋण उपलब्ध कराए जा सकते हैं।

Bills Payable (शोधनीय बिल) : शोधनीय बिल के अंतर्गत उन सभी बिलों की राशि जोड़कर ज्ञात किया जाता है।

Birth Rate (जन्म दर) : किसी क्षेत्र में प्रति वर्ष प्रति हजार जनसंख्या पर जीवित जन्म लेनेवाले बच्चों की संख्या 'जन्म दर' कहलाती है।

Black Market (काला बाजार) : जमाखोरों द्वारा बाजार में कृत्रिम कमी पैदा करके वस्तुओं की कीमतें बढ़ाकर अधिक लाभ कमाने को 'काला बाजार' कहा जाता है।

Black Money (काला धन) : जिस मुद्रा की जानकारी अधिकारियों को नहीं दी जाती है या अपने लेखा-बही से छुपा लिया जाता है, 'काला धन' कहलाता है। उदाहरणार्थ, पढ़ाकर अर्जित किया धन कोई गलत तरीका नहीं है, किंतु उसे गुप्त रखा गया है और कर का भुगतान नहीं किया गया है, इसलिए वह काला धन है।

Blocked Accounts (अवरुद्ध खाते) : इस शब्द का प्रयोग सर्वप्रथम सन् 1931 ई. में महान् आर्थिक संकटकाल में ऋणी देशों द्वारा किया गया था, जिनमें जर्मनी का नाम उल्लेखनीय है। प्रत्येक देश में कुछ-न-कुछ विदेशी पूँजी अवश्य ही लगी होती है। जब किसी देश के सामने विदेशी मुद्राओं की दुर्लभता की कठिन समस्या हो जाती है, तब वह विदेशी पूँजी के निर्यात अथवा विदेशों को भेजे जानेवाले भुगतानों पर प्रतिबंध लगा देता है। प्रायः इस प्रकार का कदम संकटकाल या शुद्धकाल में ही उठाया जाता है। इसके अंतर्गत देश में विदेशियों के बैंकिंग खातों पर प्रतिबंध लगा दिया जाता है।

Blue Chip (ब्लू चिप) : उस कंपनी के शेयर, जो सदा ही अधिक लाभ में रहते है, 'ब्लू चिप' कहलाते हैं।

Bonus (बोनस) : उद्यमी द्वारा नियमित वेतन के अतिरिक्त दिया गया धन अथवा लाभांश के अलावा दिया गया धन 'बोनस' कहलाता है।

Boom (गरम बाजारी) : अर्थव्यवस्था में Boom की स्थिति उस समय

कही जाती है, जब आर्थिक क्रियाओं का तेजी से विस्तार होता है। यह मंदी अथवा रिसेशन की विपरीत स्थिति है। यह स्थिति माँग में वृद्धि के परिणामस्वरूप उत्पन्न होती है।

Bovine Spongi From Encephalopathy (BSE) (गोजातीय स्पंजी मस्तिष्क शोध) : यह ब्रिटेन की गायों में फैली एक बीमारी का नाम है, जिससे इनका मांस तथा चरबी मानव उपयोग योग्य नहीं रहते। यह बीमारी मार्च–अप्रैल 1996 ई. में ब्रिटेन की उन गायों में महामारी के रूप में फैल गई, जिन्हें Serapie से संक्रमित भेड़ों के अवशेषों को भोजन के रूप में खिलाया गया। BSE का पहला केस ब्रिटेन में 1988 ई. में पता चला था। इस बीमारी को 'मैड काऊ' (Mad Cow) के नाम से भी जाना जाता है। इसमें एक और समस्या थी कि BSE नामक बीमारी फैलने से गायों का मस्तिष्क खाली हो जाता है और इनके मांस के सेवन से लोग दम तोड़ देते थे।

Break-Even Points (संतुलन स्थिर बिंदु) : जिस बिंदु पर फर्म को न लाभ होता है और न हानि अर्थात् शून्य लाभ होता है, उन बिंदुओं को 'संतुलन स्थिर बिंदु' कहते हैं।

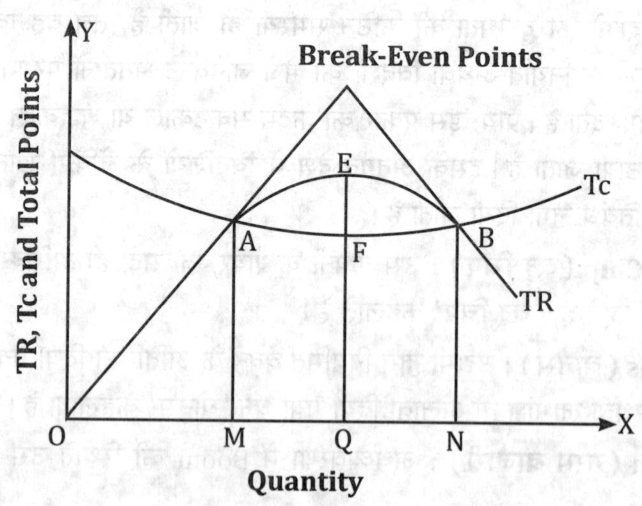

इसमें A और B संतुलन स्थिर बिंदु हैं, जहाँ फर्म को शून्य लाभ होता है।

Bridge Loan (योजक ऋण) : कोई कंपनी नए शेयर तथा Bonds जारी करने से पहले वह अपने बैंक के माध्यम से निवेश कार्य को जारी रखना चाहती है। अत: 3 महीने के लिए जो कंपनियाँ ऋण लेती हैं उसे 'योजक ऋण' कहते हैं।

Broad-Banding Facility (ब्रॉड-बैंडिंग सुविधा) : जब भी किसी कंपनी को बाजार में माँग के अनुरूप अपने उत्पाद के प्रतिरूप में परिवर्तन करने के उद्देश्य से उत्पादों की अनेक श्रेणियों के उत्पादन के लिए लाइसेंस प्रदान किया जाता है तो उसे 'ब्रॉड-बैंडिंग सुविधा' कहते हैं।

Budget (बजट) : 'बजट' शब्द फ्रेंच के Bougtee शब्द से लिया गया है, जिसका अर्थ होता है—चमड़े का थैला। ब्रिटेन में सर्वप्रथम वित्त मंत्री के थैलों को व्यंग्य में 'बजट' कहा गया है। किसी संस्था या सरकार के एक वर्ष की अनुमानित आय-व्यय का लेखा-जोखा 'बजट' कहलाता है। बजट तीन प्रकार के होते हैं—1. संतुलित बजट, 2. आधिक्य बजट और 3. घाटे का बजट।

Buffer Stock (बफर स्टॉक) : आपात स्थिति में किसी वस्तु की कमी को पूरा करने के लिए वस्तु का स्टॉक तैयार करना 'बफर स्टॉक' कहलाता है।

Bull (सटोरिया) : यह स्टॉक एक्सचेंज में उस व्यक्ति को कहा जाता है, जो इस उम्मीद से वस्तु (शेयर ऋणपत्र) खरीदता है कि भविष्य में उनके भाव बढ़ें।

Bulls and Bears (तेजड़िया और मंदड़िया) : यह स्टॉक एक्सचेंज के शब्द हैं, जो व्यक्ति स्टॉक की कीमतें बढ़ाना चाहता है, 'तेजड़िया' कहलाता है और जो व्यक्ति स्टॉक की कीमतें गिरने की आशा करके किसी वस्तु को उसके भविष्य में देने का वादा करके बेचता है, वह 'मंदड़िया' कहलाता है।

Buyer's Market (क्रेता बाजार) : जब किसी वस्तु की माँग कम तथा पूर्ति अधिक होती है तो विक्रेता की तुलना में क्रेता बेहतर स्थिति में होता है। ऐसे बाजार को 'क्रेता बाजार' कहते हैं।

□

C

C.I.F. (सी.आई.एफ.) : यह व्यापार में प्रयुक्त शब्द 'कॉस्ट इंश्योरेंस एंड फ्रेट' का शब्द संक्षेप है।

Call Money (कॉल मनी) : कोई भी कंपनी शेयर जारी करते समय शेयर आवेदनकर्ता से शेयर मूल्य का एक भाग आवेदन-पत्र के साथ ही प्राप्त कर लेती है और शेष राशि शेयर धारकों से एक निश्चित तिथि तक कई किस्तों में लेती है, उसे ही 'कॉल मनी' कहते हैं।

Capital (पूँजी) : धन का वह अंश, जिसका प्रयोग उत्पादन के लिए किया जाता है, उसे हम 'पूँजी' कहते हैं।

Capital Budget (पूँजी बजट) : इसके अंतर्गत पूँजी प्राप्ति और पूँजी भुगतान का विवरण होता है। पूँजी प्राप्ति के अंतर्गत बाजार ऋण, रिजर्व बैंक के ट्रेजरी बिल की बिक्री से प्राप्त उधार, विदेशी सरकारों एवं संस्थाओं से प्राप्त ऋण, राज्य सरकार द्वारा केंद्र से लिये गए ऋणों के भुगतान आदि से प्राप्त आय को शामिल किया जाता है। जबकि पूँजी भुगतान के अंतर्गत भौतिक परिसंपत्तियों जैसे—भूमि, भवन, मशीनें, औजार आदि की खरीद, शेयर व ऋण देने पर हुआ व्यय शामिल किया जाता है।

Capital Consumption (पूँजी उपभोग) : उत्पादन प्रक्रिया के दौरान पूँजी का उपभोग होता है, जिसके कारण पूँजी में घिसावट आती है, परिणामस्वरूप मूल्यों में होनेवाली कमी को 'पूँजी उपभोग' कहते हैं।

Capital Expenditure (पूँजी व्यय) : आयोजन व्यय और आयोजन

भिन्न व्यय के अंतर्गत पूँजी खाते पर किया गया व्यय, 'पूँजी व्यय' कहलाता है। इसके अंतर्गत भौतिक परिसंपत्तियों एवं शेयरों व ऋणपत्रों पर निवेश तथा राज्य सरकारों व अन्य संस्थाओं को दिया गया ऋण शामिल किया जाता है।

Capital Formation (पूँजी निर्माण) : कुल स्थायी परिसंपत्ति पर किया विनियोग, जिससे पूँजी के स्टॉक में वृद्धि होती है।

Capital Intensive (पूँजी प्रधान) : उत्पादन का वह साधन, जो उत्पादन के अन्य साधनों की तुलना में जिस पूँजी का अधिक प्रयोग किया जाता है, उसे 'पूँजी प्रधान' कहते हैं।

Capital Market (पूँजी बाजार) : वस्तुओं के बाजार की तरह ही मुद्रा का बाजार होता है। अत: वह बाजार जहाँ दीर्घकालीन ऋण की आवश्यकताओं की पूर्ति की जाती है।

Capital Output Ratio (पूँजी उत्पाद अनुपात) : एक–इकाई उत्पादन के लिए पूँजी की आवश्यक मात्रा लगानी पड़ती है, जिसे 'पूँजी उत्पाद अनुपात' कहते हैं। उत्पादन प्रक्रिया के क्रम में पूँजी स्टॉक में हुई घिसावट या मूल्य ह्रास तथा कुल उत्पादन का अनुपात ही 'पूँजी उत्पाद अनुपात' कहलाता है। इससे संबंधित दूसरी बात यह है कि एक निश्चित अवधि में पूँजी स्टॉक में हुई वृद्धि (शुद्ध निवेश) और उत्पादन में हुई वृद्धि का अनुपात 'वृद्धिमान पूँजी उत्पादन अनुपात' कहलाता है।

Capital Stock (पूँजी स्टॉक) : किसी फर्म उद्योग या अर्थव्यवस्था की वर्तमान कुल भौतिक पूँजी को 'पूँजी स्टॉक' कहते हैं।

Capitalism (पूँजीवाद) : ऐसी सामाजिक, आर्थिक एवं राजनीतिक व्यवस्था, जहाँ पूँजी और उत्पादन के साधन पर पूँजी के स्वामियों का ही नियंत्रण होता है, जो अपने निजी हित या लाभ के लिए काम करते हैं और सार्वजनिक क्षेत्र के विस्तार और

Cartel (कार्टेल) : यह एकाधिकारी प्रवृत्ति को दरशाता है। यह समान वस्तु के उत्पादन या सेवा में लगे उद्योगों या फर्मों द्वारा बनाया गया संघटन है।

Cash Credit Account (नकद साख खाता) : यह एक ऋण खाता है। इस खाते के अंतर्गत बैंक खाताधारी को एक निश्चित मात्रा तक ऋण प्राप्त करने का अधिकार देता है। इसी सीमा के अंदर ऋणी अपनी आवश्यकतानुसार बैंक से रुपया लेता है और जमा भी करता है। ब्याज उसी राशि पर वसूल किया जाता है, जो वास्तव में ऋणी के पास रहती है।

Cash Discount (नकद कटौती) : नकद कटौती उन व्यापारियों को दी जाती है, जो एक निश्चित तिथि के पहले मूल्य का भुगतान नकदी में कर देते हैं, इनका लेखांकन किया जाता है। इसका उद्देश्य ग्राहकों की राशि का शीघ्र भुगतान हेतु प्रोत्साहित करना है।

Cash Reserve Ratio (CRR) (नकद आरक्षित अनुपात) : रिजर्व बैंक अधिनियम (1934) के अधीन वाणिज्यिक बैंकों को रिजर्व बैंक के पास न्यूनतम नकद प्रारक्षण भी रखना पड़ता है, इस अधिनियम में संशोधन कर सन् 1962 में यह अधिकार दिया गया कि वह नकद सुरक्षित अनुपात को कुल माँग एवं सावधि जमा के उसे 15 प्रतिशत के बीच निश्चित कर सकता है। इस अनुपात में वृद्धि करने का परिणाम यह होता है कि बैंकों के पास नकद कोष में कमी हो जाती है, जिससे बैंकों द्वारा दी जानेवाली ऋणों की मात्रा कम हो जाती है। यह बराबर परिवर्तित होता रहता है।

Caution Money (जमानत राशि) : किसी काम (दायित्व) को पूरा करने के लिए जमानत के रूप में माँगी जानेवाली धनराशि को 'जमानत राशि' कहते हैं।

Ceilling (सीमाबंदी) : भूमि के स्वामी को भूमि का स्वामित्व धारण करने की अधिकतम सीमा का निर्धारण 'सीमाबंदी' कहलाता है।

Census (संगणना) : किसी देश की संख्यात्मक, सामाजिक, जनांकिकीय व आर्थिक विषमताओं की जानकारी हेतु सरकार द्वारा की जानेवाली

गणना को 'संगणना' या 'जनगणना' कहते हैं। भारत में प्रत्येक 10 वर्षों पर जनगणना की जाती है।

Central Value Added Tax (CENVAT) (केंद्रीय प्रायोजित सापेक्ष मूल्यकर) : वर्ष 2000-2001 के आम बजट में उत्पाद कर के तीन स्लैब रेशे (8 प्रतिशत, 16 प्रतिशत और 24 प्रतिशत) का उल्लंघन करते हुए श्री यशवंत सिन्हा ने सिर्फ 16 प्रतिशत की दर निर्धारित कर दी, जिसे CENVAT नाम दिया गया। इसका मतलब यह हुआ कि मेरिट गुड्स के लिए प्रभावी 8 प्रतिशत की और डिमेरिट गुड्स के लिए प्रभावी 24 प्रतिशत की दर को समाप्त कर दिया है।

Certificate of Deposit-CD (जमा प्रमाणपत्र) : किसी बैंक द्वारा जमाकर्ता को उसकी जमा राशि के बदले दिया जानेवाला प्रमाणपत्र, जो वापसी के समय बैंक उसे ले लेता है।

Cheap Money (सस्ती मुद्रा) : ऋण प्राप्त करने की वह स्थिति, जिसमें निम्न बाजार दर पर ऋण उपलब्ध हो, उसे 'सस्ती मुद्रा' कहते हैं।

Cheque Collection (चेक संग्रहण) : जब शहर से बाहर चेक का भुगतान किया जाता है तो उस स्थिति में भुगतान में होनेवाले व्यय को चेक प्राप्तकर्ता से काट लिया जाता है।

Child-Women Ratio (शिशु-स्त्री अनुपात) : इसका तात्पर्य किसी जनसंख्या के शिशु एवं स्त्री के बीच के अनुपात हैं। इसके अंतर्गत 5 वर्ष से कम आयु के बच्चे और मात्र प्रजनन योग्य आयु की स्त्रियों अर्थात् 15 से 49 वर्ष की आयु (केवल भारत) की स्त्रियों को ही शामिल करते हैं।

$$CWR = \frac{PO - 5 X100}{F15 - 49}$$

यहाँ पर PO - 5 = 5 वर्ष से कम आयु के शिशुओं की संख्या

F15 - 49 = 15 वर्ष से 49 वर्ष के आयु समूह में स्त्रियों की संख्या

Chit Funds (चिट-फंड) : लघु बचतों का सदुपयोग करने के उद्देश्य से कुछ लोग मिलकर एक आयोजन करते हैं, जिसमें कई सदस्य होते हैं, जो एक निश्चित राशि जमा करते हैं और उस राशि को साप्ताहिक अथवा मासिक किसी एक सदस्य को दे दिया जाता है, इस प्रकार यह सुविधा प्रत्येक सदस्य को बारी-बारी से प्राप्त होती है, जिसे 'चिट फंड' कहते हैं।

Closing Stock (समापन भंडार) : वह माल जो व्यापार में वर्ष के अंत में प्रयोग होने अथवा विक्रय होने से बच जाता है तो उसे 'समापन भंडार' कहते हैं।

Collateral Security (समपार्श्विक प्रतिभूत) : ऋण की सुरक्षा की दृष्टि से प्राथमिक प्रतिभूति के अतिरिक्त ऋणी से प्राप्त की जाती है। यह प्रतिभूति तृतीय पक्ष द्वारा उसे जमानत स्वरूप अन्य प्रतिभूतियाँ प्रदान करके उपलब्ध की जाती है।

Commercial Credit (व्यापारिक साख) : व्यवसायी को कच्चा माल खरीदने, मजदूरों को मजदूरी चुकाने तथा विज्ञापन आदि के लिए अल्पकालिक ऋणों की आवश्यकता पड़ती है। अतः व्यवसायी द्वारा लिये गए अल्पकालीन ऋणों को ही 'व्यापारिक साख' कहते हैं।

Compensating Variation in Income (आय में क्षतिपूरक परिवर्तन) : कीमतों में सापेक्षिक परिवर्तन होने पर उपभोक्ता की वास्तविक आय में परिवर्तन को समाप्त करने के लिए उसकी द्राव्यिक आय में जो परिवर्तन किया जाता है, उसे 'आय में क्षतिपूरक परिवर्तन' कहते हैं।

Composite Demand (मिश्रित माँग) : जब कोई वस्तु एक से अधिक उपयोगों में प्रयोग की जाती है तो ऐसी वस्तु की कुल माँग, उसकी विविध उपयोगों हेतु माँग का योग होती है। यह 'मिश्रित माँग' कहलाती है।

Consolidated Fund of India (भारत का संचित कोष) : इसके अंतर्गत सरकार की संपूर्ण राजस्व आय, ऋण प्राप्ति तथा उसके द्वारा दिए गए ऋण की अदायगी से प्राप्त आय मिलकर संचित कोष बनाया जाता है। इसी कोष से सरकार के सारे खर्च पूरे किए जाते हैं। इस कोष से धन की निकासी संसद् की अनुमति के बिना संभव नहीं है।

Conspicious Consumption (प्रत्यक्ष उपभोग) : जब किसी अर्धविकसित देश के नागरिक विलासिता की वस्तुओं का अधिकता से उपभोग करने लगते हैं, जो उस देश की समृद्धि तथा विकास के लिए हानिकारक होता है। ऐसे उपभोग को 'प्रत्यक्ष उपभोग' कहते हैं। इससे उस देश के साधनों का ह्रास होता है।

Contingency Fund (आकस्मिकता निधि) : भारतीय संविधान के अनुसार संसद् आकस्मिक घटनाओं का सामना करने के लिए आकस्मिक निधि का सृजन करती है और इस निधि से बिना राष्ट्रपति की अनुमति के अग्रिम धनराशि नहीं निकाली जा सकती।

Contract Rent (ठेके का लगान) : यह वह लगान है, जो भूमिपति और काश्तकार में पारस्परिक ठेके द्वारा निर्धारित होती है। ऐसी स्थिति में यह आर्थिक लगान से अधिक, कम या उसके बराबर भी हो सकती है।

Contract Rent (प्रसंविदा लगान) : यह भूमिपति एवं किसानों के बीच समझौते के आधार पर तय होता है। भूमिपति किसान को भूमि देते समय समझौता कर लेता है, जिसके आधार पर किसान लगान देता है। यह लगान आर्थिक लगान से अधिक, उसके बराबर या उससे कम हो सकता है।

Co-Operation (सहकारिता) : सहकारिता का अभिप्राय व्यक्तियों के ऐसे संगठन से है, जिनका उद्‌देश्य ईमानदारी से समान आर्थिक हित की प्राप्ति करना है। आर्थिक उद्‌देश्य के साथ-साथ नैतिक उद्‌देश्य भी इसमें सम्मिलित होते हैं। इसका सिद्धांत है All for each and each for all (सब प्रत्येक के लिए है; और प्रत्येक सब के लिए है।)

Co-Operative Farming (सहकारी खेती) : भूमि सुधार का ऐसा तरीका, जिसमें किसानों के छोटे-छोटे टुकड़े को मिलाकर बड़ा रूप दिया जाता है और उस पर आधुनिक यंत्रों की सहायता से कृषि कार्य किया जाता है। जमीनों पर स्वामित्व भूमि मालिक का ही होता है। केवल कुल उपज को किसानों के बीच उनकी भूमि के अनुपात में बाँट दिया जाता है।

Core Sector (केंद्रक क्षेत्र, आधारभूत संरचना) : अर्थव्यवस्था के विकास हेतु कुछ आधारभूत संरचनाओं की आवश्यकता होती है। जैसे—सीमेंट, लोहा, इस्पात, पेट्रोलियम, भारी मशीनरी इत्यादि। इन आधारभूत उद्योगों का विकास करके ही अन्य उद्योगों की स्थापना की जा सकती है, इन्हें 'केंद्रक क्षेत्र' **Core Sector** कहते हैं।

Corporate Tax (निगम कर) : कंपनियों के मुनाफे पर लगाया गया कर। यह एक प्रत्यक्ष कर है।

Cost of Living Index (जीवन निर्वाह सूचकांक) : जीवन निर्वाह हेतु आवश्यक वस्तुओं की कीमतों में होनेवाले परिवर्तनों को उसके आधार वर्ष पर बनाया गया सूचकांक, जिसके आधार पर स्फीति की माप की जाती है और वेतन में संशोधन किए जाते हैं।

Cost Push Inflation (लागत प्रेरित स्फीति) : जब वस्तुओं की उत्पाद लागत में वृद्धि होने के परिणामस्वरूप मूल्यों में वृद्धि होती है, तो ऐसी स्थिति को 'लागत प्रेरित स्फीति' कहते हैं।

Credit (साख) : Credit शब्द लैटिन भाषा के Credo से लिया गया है, जिसका अर्थ होता है—विश्वास। Credit शब्द का प्रयोग कई अर्थों में किया जाता है, लेकिन अर्थशास्त्र में 'साख' शब्द का प्रयोग 'उधार देने व लेने' के अर्थ में किया जाता है। वास्तव में यह एक प्रकार का विनिमय ही है, जिसमें कोई ऋणदाता किसी ऋणी को वर्तमान में मुद्रा इस विश्वास पर देता है कि वह समय से वापस कर देगा।

Credit Squeeze (साख-संकुचन) : इसका अर्थ है—कम मात्रा में ऋण वितरित करना। जब बैंकों द्वारा अधिक ऋण दे दिया जाता है तो बाजार में मुद्रा बढ़ जाती है, इससे वस्तुओं की माँग बढ़ जाती है, कीमतें बढ़ने लगती हैं और मुद्रास्फीति की स्थिति उत्पन्न होने लगती है। इसे रोकने के लिए केंद्रीय बैंक द्वारा साख-संकुचन की विधि अपनाई जाती है।

Creeping Inflation (मंद स्फीति) : दीर्घावधि में कीमतों के सामान्य स्तर में धीरे-धीरे, किंतु दृढ़ रूप से होनेवाली वृद्धि को 'मंद स्फीति' कहते हैं।

Cross Elasticity of Demand (माँग की आड़ी लोच) : किसी वस्तु के मूल्य में आनुपातिक परिवर्तन के परिणामस्वरूप किसी अन्य वस्तु की माँग में आनुपातिक परिवर्तन की दर को 'माँग की आड़ी लोच' कहते हैं।

$$\text{माँग की आड़ी लोच} = \frac{\text{X वस्तु की माँग में आनुपातिक परिवर्तन}}{\text{Y वस्तु की कीमत में आनुपातिक परिवर्तन}}$$

Currency (चलार्थ) : चलार्थ से अभिप्राय: केवल धातु के सिक्कों एवं विधिग्राह्य (Legal Tender) मुद्रा से ही होता है। इसके अंतर्गत धातु, सिक्के एवं कागजी मुद्रा को शामिल किया जाता है। इन्हें 'चलार्थ' इसलिए भी कहा जाता है, क्योंकि कानूनी दृष्टिकोण से देश के अंदर इन्हीं का प्रचलन होता है।

Currency Appreciation (करेंसी मूल्य वृद्धि) : यह मुद्रा का एक अन्य मुद्राओं की तुलना में विनिमय दर में वृद्धि करना, 'करेंसी मूल्य वृद्धि' कहलाता है।

Currency Chests (चलन मुद्रा तिजोरियाँ) : ऐसे बॉक्स, जिसमें धात्विक सिक्कों के साथ-साथ नए या पुन: जारी कर सकने योग्य करेंसी नोटों का भंडार होता है। ऐसी तिजोरियाँ भारत में रिजर्व बैंक, सार्वजनिक क्षेत्र के बैंकों, सरकारी खजानों तथा उपखजानों द्वारा संचालित की जाती हैं। प्राय: ये तिजोरियाँ सार्वजनिक क्षेत्र के बैंकों द्वारा ही संचालित की जाती हैं।

Currency Depreciation (करेंसी मूल्य ह्रास) : एक मुद्रा का अन्य मुद्राओं की तुलना में विनिमय दर में कमी करना 'करेंसी मूल्य ह्रास' कहलाता है।

Custom Duty (सीमा शुल्क) : जो कर आयात या निर्यात की वस्तुओं पर लगाया जाता है, उसे 'सीमा शुल्क' कहते हैं।

Cyclical Unemployment (चक्रीय बेरोजगारी) : व्यापार चक्र के कारण अर्थव्यवस्था में मंदी आ जाने से माँग में कमी हो जाती है और माँग में कमी आ जाने से वस्तुएँ बिक नहीं पाती हैं, जिस कारण मजदूरों की छँटनी हो जाती है, फिर तेजी आ जाने से उन्हें रोजगार प्राप्त हो जाता है और फिर मंदी आ जाने पर छँटनी हो जाती है, इसे ही 'चक्रीय बेरोजगारी' कहते हैं।

□

D

Death Duty (मृत्यु कर) : व्यक्ति की मृत्यु पर उसके उत्तराधिकारी को प्राप्त होनेवाली संपति पर एक बार लगनेवाला कर 'मृत्यु कर' कहलाता है।

Death Rate (मृत्यु दर) : किसी क्षेत्र में किसी वर्ष में प्रति हजार जनसंख्या पर मरनेवाले व्यक्ति की संख्या उस क्षेत्र की 'मृत्यु दर' कहलाती है।

Debenture (ऋणपत्र) : केंद्र सरकार, राज्य सरकार, कंपनी अथवा किसी भी संस्थान द्वारा ऋण लेकर जारी किया गया प्रमाणपत्र, जिसमें निश्चित अवधि के पश्चात्, निश्चित ब्याज दर पर धनराशि चुकाने का वादा किया जाता है, उसे ही 'ऋणपाल' कहते हैं।

Debt Conversion (ऋण परिवर्तन) : सरकार द्वारा किसी सार्वजनिक ऋण की परिपक्वता पर उसका वास्तविक भुगतान न करके उसके स्थान पर नए ऋणपत्र जारी करना 'ऋण परिवर्तन' कहलाता है।

Debt Servicing (ऋण सेवा) : लिये गए ऋण पर ब्याज की पूर्ण अदायगी को 'ऋण सेवा' कहते हैं।

Debt Trap (कर्ज जाल) : एक ऋण से मुक्त हुआ नहीं कि फिर दूसरे ऋण के जाल में फँस जाना 'कर्ज जाल' कहलाता है। आंतरिक 'कर्ज जाल' से तात्पर्य उस स्थिति से है, जिसमें बाजारी ऋण पिछले ऋणभार के भुगतान में सरकार को सक्षम नहीं बना पाते। चूँकि सरकार अपने चालू राजस्व के घाटों को तथा पुराने कर्जों को चुकाने के लिए उधार

लेती है। कुल ऋण बोझ बढ़ जाता है।

Deed (संलेख) : वह कानूनी पत्र, जो किसी संपत्ति को बंधक रखने से संबंधित है।

Defecit Financing (हीनार्थ प्रबंधन) : जब सरकार आय से अधिक बजट बनाती है, तो व्यय के इस अधिव्यय को केंद्रीय बैंक से ऋण लेकर अथवा नए नोटों को छापकर पूरा किया जाता है। इस तरह की व्यवस्था घाटे की वित्त व्यवस्था या 'हीनार्थ प्रबंधन' कहलाती है।

Deflation (मुद्रा संकुचन) : जब बाजार में मुद्रा की कमी के कारण वस्तुओं की कीमतें गिर जाती हैं, उत्पादन एवं व्यापार गिर जाता है और बेरोजगारी बढ़ती है, वह अवस्था 'मुद्रा संकुचन' कहलाती है।

Demand Deposit (माँग जमा) : लोगों द्वारा बैंकों में की गई वह जमाराशि, जो जमाकर्ता द्वारा माँगते ही मिल जाती है। इसके लिए पूर्व सूचना देने की जरूरत नहीं पड़ती, 'माँग जमा' कहलाती है। बैंक में बचत खाते और चालू खाते में जमा राशि 'माँग जमा' कहलाती है।

Demand Draft (माँगपत्र) : ऐसा विनिमय बिल, जिसका भुगतान माँग करते ही मिल जाता है।

Demand Lability (माँग देयता) : बैंक की वह देयता, जो जमाकर्ता द्वारा माँग करते ही बैंक देने के लिए तैयार हो, इसके लिए पूर्व सूचना देने की कोई जरूरत नहीं होती। इसमें बचत खाते और चालू खाते (Current Account) की जमा राशि आती है।

Demand Pull Inflation (माँग प्रेरित स्फीति) : आपूर्ति की तुलना में माँग में अत्यधिक वृद्धि हो जाने के कारण कीमतों में सामान्य वृद्धि को 'माँग प्रेरित स्फीति' कहते हैं।

प्रथम क्षेत्रीय कार्यालय परीक्षा (P.T) 23.7.2000

Democratic Planning (प्रजातांत्रिक नियोजन) : इस नियोजन में निजी

और सार्वजनिक क्षेत्र दोनों एक–दूसरे के सहयोगी होते हैं। आधारभूत उद्योगों और सेवाओं का राष्ट्रीयकरण कर दिया जाता है तथा आय बंधन की असमानताओं को दूर करके सभी नागरिकों के लिए न्यायपूर्ण व उचित जीवनस्तर, सामाजिक कल्याण व सुरक्षा प्रदान की जाती है। योजना बनाते समय यह ध्यान रखा जाता है कि आर्थिक शक्ति का केंद्रीकरण न हो, शोषण का अंत हो तथा सभी नागरिकों की आर्थिक, सामाजिक व सांस्कृतिक स्वतंत्रता बनी रहे।

Demonetization (विमुद्रीकरण) : जब काला धन बढ़ जाता है और अर्थव्यवस्था के लिए खतरा बन जाता है तो इसे दूर करने के लिए विमुद्रीकरण की विधि अपनाई जाती है। इसके अंतर्गत सरकार पुरानी मुद्रा को समाप्त कर देती है और नई मुद्रा लागू कर देती है।

Department Management (विभागीय प्रबंधन) : इस श्रेणी में वैसे उपक्रम आते हैं, जिनकी व्यवस्था सरकार के विभाग के रूप में की जाती है। जैसे—रेलवे, डाकतार विभाग, कपूरथला का रेल कारखाना, बैंक नोट प्रेस आदि।

Dependency Ratio (आश्रितता अनुपात) : यह आश्रित जनसंख्या और कार्यशील जनसंख्या का अनुपात होता है। आश्रित जनसंख्या में कार्यशील जनसंख्या से भाग देने पर प्राप्त होता है।

$$DR = \frac{D}{W}$$

D = Dependent Population, W = Working Population

नोट : आश्रित जनसंख्या में बच्चे और बूढ़े को शामिल कर लिया जाता है। इस प्रकार आश्रितता अनुपात से यह पता चलता है कि कार्यशील जनसंख्या पर किस सीमा तक अनुत्पादक जनसंख्या आश्रित है।

Devaluation (अवमूल्यन) : अवमूल्यन का अर्थ अपने देश की मुद्राओं का विदेशी मुद्राओं की तुलना में मूल्य कम कर देने से होता है अर्थात् देश की मुद्रा का मूल्य विदेशी मुद्राओं की तुलना में जानबूझकर कम

कर दिया जाता है, इससे निर्यात तो बढ़ जाता है, किंतु आयात कम हो जाता है। परिणामत: प्रतिकूल व्यापार संतुलन ठीक हो जाता है। अब हमें यह स्पष्ट करना है कि आखिर अवमूल्यन के परिणामस्वरूप देश के निर्यात क्यों बढ़ जाते हैं। जैसे—मान लीजिए, भारत अमेरिका के साथ विनिमय दर Rs = 10 $ से घटाकर Rs = 8 $ कर देता है। इससे भारतीय निर्यात अमेरिका में सस्ते हो जाएँगे, क्योंकि अब अमेरिकी आयातकर्ता निर्यात अमेरिका में सस्ते हो जाएँगे। इस प्रकार प्रतिकूल व्यापार संतुलन को दूर या कम करने एवं राशिपतन पर रोक लगाने के लिए इसका प्रयोग साधारणत: अस्थायी रूप से लाभदायक सिद्ध होता है।

नोट : भारत ने अब तक तीन बार अवमूल्यन किया है—पहली बार 20 सितंबर, 1949 को रुपए का 30.5 प्रतिशत, दूसरी बार सन् 1966 में 36.5 प्रतिशत और तीसरी बार सन् 1997 ई. में 21 प्रतिशत।

Development Bank (विकास बैंक) : ऐसे बैंक या वित्तीय संस्थान, जो निजी उद्यमियों को मध्यम और लंबी अवधि के लिए ऋण देने के साथ-साथ देश के आर्थिक विकास में अन्य तरीकों से भी योगदान करते हैं। जैसे—IDBI, NABARD, SIDBI आदि।

Direct Action (प्रत्यक्ष काररवाई) : जब वाणिज्यिक बैंक केंद्रीय बैंक के आदेशों का पालन नहीं करते हैं तो उन बैंकों को नीति का अनुकरण करने के लिए बाध्य करने की विधि को ही 'प्रत्यक्ष काररवाई' कहा जाता है। जैसे—बैंकों को दी जानेवाली पुन: कटौती की सुविधा को बंद कर देना, अतिरिक्त साख की स्वीकृति न देना आदि।

Direct Tax (प्रत्यक्ष कर) : वह कर, जो जिस पर लगाया जाता है और अंतिम रूप से भुगतान भी उसी को करना पड़ता है तो उसे 'प्रत्यक्ष कर' कहते हैं। ध्यान देने की बात है कि व्यक्ति, पूँजी, संपत्ति और आय पर लगाया गया कर 'प्रत्यक्ष कर' कहलाता है। जैसे—आयकर, निगम कर, व्यय कर आदि।

Disguised Unemployment (अदृश्य बेरोजगारी या प्रच्छन्न बेरोजगारी) : यह इस प्रकार की बेरोजगारी है, जिसमें व्यक्ति स्पष्ट रूप से बेरोजगार प्रतीत नहीं होते, वे काम पर तो लगे हुए होते हैं, किंतु उस काम में उनकी सीमांत उत्पादकता शून्य होती है। ऐसे लोगों को यदि काम से हटा भी दिया जाए तो कुल उत्पादन पर कोई प्रतिकूल प्रभाव नहीं पड़ेगा। भारत में कृषि क्षेत्र में पर्याप्त मात्रा में अदृश्य बेरोजगारी पाई जाती है।

Disinflation (अपस्फीति) : मुद्रास्फीति को दूर करने या कम करने के लिए जो प्रयास किए जाते हैं, उसे 'अपस्फीति' कहते हैं। या यूँ कहें कि स्फीति को नियंत्रित करने के लिए जब जानबूझकर वस्तुओं की कीमत कम की जाती है तो उसे 'अपस्फीति' कहते हैं, लेकिन इसमें मूल्य स्तर तो गिरता है, किंतु सामान्य मूल्य स्तर से ऊँचा रहता है।

Disinvestment (विनिवेश) : सरकार संयुक्त पूँजी कंपनी में निवेशित पूँजी के एक अंश का विक्रय करती है ताकि उससे प्राप्त वित्त से राजकोषीय घाटे को पूरा किया जा सके। भारत में इस बात का सुझाव रंगराजन समिति ने दिया और इसके आधार पर सन् 1997 में विनिवेश आयोग का गठन किया गया। इस आयोग के अनुसार ऐसे उद्योग, जो लाइसेंस व्यवस्था में नहीं हैं, उनका 75 प्रतिशत अंश बेचा जा सकता है।

Disposable Personal Income (व्यय योग्य वैयक्तिक आय या व्यक्तिगत उपभोग्य आय अथवा निजी प्रयोज्य आय) : वैयक्तिक आय में से वैयक्तिक प्रत्यक्ष करों को घटा देने के बाद जो शेष बचता है, उसे 'निजी प्रयोज्य आय' कहते हैं।

सूत्र से, निजी प्रयोज्य आय = वैयक्तिक आय–वैयक्तिक प्रत्यक्ष कर
PDI = Personal Income - Personal Direct Tax

Divident (लाभांश) : किसी कंपनी अथवा संस्थान द्वारा अपने शेयरधारक को उनके अंशदान के बदले में दिया गया धन 'लाभांश' कहलाता है

अर्थात् कंपनियों से शेयरों पर प्राप्त लाभांश, 'लाभांश' कहलाता है।

Division of Labour (श्रम-विभाजन) : किसी कार्य की संपूर्ण प्रक्रिया को एक ही व्यक्ति द्वारा न कराकर विभिन्न चरणों को भिन्न-भिन्न लोगों से पूरा करने की प्रक्रिया 'श्रम-विभाजन' कहलाती है।
श्रम-विभाजन से विशिष्टीकरण को प्रोत्साहन मिलता है।

Dollar Deplomacy (डॉलर डिप्लोमेसी) : ऐसे देश, जो डॉलर के मूल्य में वृद्धि करके अमेरिकी डॉलर को लाभ पहुँचाने का प्रयास करते हैं तो उसके द्वारा इस प्रकार के प्रयास को ही 'डॉलर डिप्लोमेसी' कहा जाता है।

Dollar Diplomacy (डॉलर कूटनीति) : संयुक्त राज्य अमेरिका द्वारा अल्पविकसित देशों को दी जानेवाली आर्थिक सहायता से संबंधित कूटनीति, जिसका उद्देश्य प्राप्तकर्ता देशों से अपनी विदेशी नीति के संबंध में समर्थन प्राप्त करना है।

Double or Multiple Column Tariffs (दुहरे या बहुस्तंभ प्रशुल्क) : यह वह प्रणाली है, जिसके अंतर्गत प्रत्येक वस्तु के लिए दो या दो से अधिक दरों में तटकर वसूल किया जाता है। इसका अभिप्राय: यह है कि एक ही वस्तु को दो या विभिन्न देशों से आयात करने पर उस वस्तु पर लगाया जानेवाला प्रशुल्क अलग-अलग होता है।

Dumping (राशिपतन) : किसी वस्तु के अति उत्पादन की स्थिति में बाजार में वस्तु के मूल्य को एक न्यूनतम स्तर से नीचे गिरने से रोकने के लिए वस्तु के अतिरिक्त भंडार को विदेशी बाजार में बहुत कम मूल्य पर बेचने और यहाँ तक कि नष्ट तक कर देने की प्रक्रिया 'राशिपतन' कहलाती है। उत्पादकों के हितों की सुरक्षा के लिए कभी-कभी ऐसा करना पड़ता है ताकि अतिरिक्त उत्पादन को बाजार से दूर करके वस्तु के मूल्य को गिरने से रोका जा सके।

Duopoly (द्वैधिकार) : यह बाजार की वह स्थिति है, जिसमें दो विक्रेता

होते हैं, और दोनों एक ही वस्तु बेचते हैं। दोनों विक्रेताओं की वस्तुओं की कीमत एक ही होती है। इसे हम 'द्वैधिकार' या 'द्वि-अल्पाधिकार' कहते हैं। अत: अल्पाधिकार की सरलतम स्थिति ही 'द्वि-अल्पाधिकार' है। अल्पाधिकार में थोड़े विक्रेता होते हैं और इन थोड़े विक्रेताओं की संख्या केवल दो होती है।

Duopsony (द्विक्रेताधिकार) : जब केवल दो क्रेता होते हैं तो ऐसी स्थिति को 'द्विक्रेताधिकार' कहते हैं।

Dynamics (प्रावैगिक) : अर्थशास्त्र में प्रावैगिकी का संबंध समय परिवर्तन तथा विकास से होता है। यह समय तत्त्व पर बल देते हुए आर्थिक प्रणाली में होनेवाले सभी परिवर्तनों का अध्ययन करती है। वास्तव में यह उस अर्थव्यवस्था का अध्ययन करती है, जिसमें उत्पादन की दरें बदलती रहती हैं।

□

E

E-Commerce (ई-कॉमर्स) : यह सूचना और प्रौद्योगिकी से जुड़ी हुई एक ऐसी सुविधा है, जिसका लाभ आज महानगरों के अलावा गाँवों में रहनेवाले लोग भी उठा रहे हैं। ई-कॉमर्स विभिन्न औद्योगिकी संस्थाओं के क्रेता एवं विक्रेताओं के बीच एक तरह की संचार व्यवस्था है। इसमें इलेक्ट्रॉनिक मीडिया की सहायता से बिना किसी कागजी लिखा-पढ़ी के व्यवसाय किया जा सकता है। इसमें इंटरनेट की सहायता से एक-दूसरे से सूचनाओं का आदान-प्रदान कर घर बैठे व्यवसाय किया जा सकता है। इसकी सहायता से समय के साथ-साथ व्यवसाय के दौरान होनेवाले अतिरिक्त खर्चों में भी काफी कमी होती है। इसके जरिए सौदा तो कंप्यूटर के माध्यम से होता है, लेकिन संबंधित माल या सेवाएँ आपके घर पर पहुँच जाती हैं। इसमें विक्रेता को ग्राहक के घर सामान पहुँचाने के लिए कोई शारीरिक श्रम नहीं करना पड़ता। दूसरी तरफ ग्राहक को भी भुगतान विक्रेता के यहाँ न जाकर कंप्यूटर के जरिए ही करना पड़ता है। इस प्रकार E-Commerce की सहायता से व्यवसाय करने में कागजी लेन-देन से छुटकारा तो मिलता ही है, साथ-ही-साथ घर बैठे बेहतर सेवाएँ मिल जाती हैं। इसकी सहायता से क्रेता और विक्रेता के अलावा बैंक, बीमा कंपनी, स्वास्थ्य केंद्र, सरकारी एजेंसियाँ और औद्योगिकी एवं व्यावसायिक संस्थाएँ कुरसी पर बैठे-बैठे एक-दूसरे को सूचनाओं का आदान-प्रदान कर सकती हैं। जैसे मान लीजिए, कोई व्यक्ति किसी कंपनी की नई मॉडल की कार खरीदने से पहले उसकी तमाम खूबियों के बारे में जानना चाहता है तो वह घर बैठे अपने कंप्यूटर पर कार

के हर पहलू से संतुष्ट होकर वहीं से ऑर्डर दे सकता है। कंप्यूटर पर ही भुगतान करने के बाद कार उसके घर पर पहुँच जाएगी। इसी प्रकार कंप्यूटर पर ही घर बैठे–बैठे शेयर दलाल, वकील, डॉक्टर आदि से संपर्क कर सलाह ले सकता है। E-Commerce की सहायता से दुकानदार एवं व्यावसायिक औद्योगिक संस्थाएँ अपने माल या सेवाओं की सूचना दुनिया के किसी भी कोने में पहुँचा सकते हैं। बशर्ते कि जहाँ सूचना पहुँचती है, वह कंप्यूटर से और इंटरनेट से जुड़ा हो। अब तक E-Commerce से व्यवसाय करने के लिए टेलीफोन के साथ–साथ इंटरनेट का कनेक्शन लेना जरूरी था, लेकिन अब सूचना प्रौद्योगिकी के क्षेत्र में स्थापित हो चुकी प्रतिष्ठित कंपनियाँ सैटेलाइट की मदद से अपनी सुविधाएँ उपलब्ध करा रही हैं, बस आपके पास कंप्यूटर होना चाहिए। एक प्रकार के डिश एंटिना की सहायता से आप कहीं भी, किसी भी गाँव में E-Commerce की सहायता से, जहाँ बिजली संभव हो, वहाँ व्यवसाय कर सकते हैं। आनेवाले समय में E-Commerce से व्यवसाय का दायरा भयंकर रूप से बढ़ेगा।

Econometrics (अर्थमिति) : अर्थशास्त्र के अध्ययन का वह क्षेत्र, जिसमें आर्थिक सिद्धांतों का अध्ययन गणित व सांख्यिकीय तकनीकों द्वारा किया जाता है।

Economic Development (आर्थिक विकास) : प्राय: 'आर्थिक विकास' शब्द का प्रयोग अल्पविकसित देशों के लिए किया जाता है। इसका संबंध पिछड़े हुए देशों से है, जहाँ पर साधनों का पूर्ण उपयोग नहीं होता है और उसके विकास की संभावना है।

Economic Growth (आर्थिक वृद्धि) : आर्थिक वृद्धि का संबंध देश की प्रति व्यक्ति आय का उत्पादन में मात्रात्मक निरंतर वृद्धि से है, जो कि उसकी श्रमशक्ति, उपभोग, पूँजी और व्यापार की मात्रा में प्रसार के साथ होती है। इस शब्द का प्रयोग हम विकसित देशों के लिए करते हैं।

Economic Holding (लाभकर जोत) : लाभकर जोत का तात्पर्य लाभप्रद कृषि कार्य के लिए आवश्यक न्यूनतम क्षेत्र से है अर्थात् वह जोत, जिससे परिवार को एक न्यूनतम संतोषजनक जीवन स्तर उपलब्ध हो सके। यहाँ यह कहना कठिन होगा कि न्यूनतम उचित अथवा जीवन स्तर में किस चीज को शामिल किया जाए।

अत: लाभकर जोत वह है, जिसमें कृषक और उसका परिवार साधनों का अधिकतम कार्य सक्षम ढंग से उपयोग करने का पर्याप्त अवसर पा सके।

Economic Planning (आर्थिक नियोजन) : आर्थिक नियोजन का तात्पर्य एक केंद्रीय सार्वजनिक अधिकारी द्वारा उपलब्ध साधनों के विवेकपूर्ण प्रयोग एवं आर्थिक शक्तियों के युक्तिपूर्ण नियंत्रण द्वारा निश्चित समय में निश्चित उद्‌देश्यों की प्राप्ति करना है। आर्थिक नियोजन आर्थिक समस्याओं के समाधान का एक यंत्र है। श्रीमती रॉबिंसन के शब्दों में—आज के युग में नियोजन आर्थिक समस्याओं के समाधान की अचूक औषधि है, जिससे अधिकतम कल्याण हो सकता है।

Economic Policy (आर्थिक नीति) : आर्थिक नीति का अर्थ राष्ट्रीय आर्थिक नीति से लिया जाता है और नीति को लागू करनेवाला संगठन या समूह सरकार होती है, जो आर्थिक सिद्धांतों की कमजोरियों पर प्रकाश डालती है और उचित आर्थिक सिद्धांतों के निर्णय में सहायता करती है।

Economic Rent (आर्थिक लगान) : कुल लगान का एक अंश आर्थिक लगान होता है। केवल भूमि के प्रयोग के लिए भुगतान को 'आर्थिक लगान' कहते हैं। लगान भूमि की उपज का वह भाग है, जो भूमि के स्वामी को भूमि का मूल तथा अविनाशी व्यक्तियों के प्रयोग के लिए दिया जाता है। भूमि की मौलिक एवं अविनाशी व्यक्तियों से मतलब, उन शक्तियों से है, जिसके चलते भूमि की उर्वरकता में विभिन्नता आती है, जिस कारण भूमि की कई श्रेणियाँ बन जाती हैं और प्रत्येक श्रेणी से अलग-अलग मात्रा में उपज होती है। सीमांत भूमि की तुलना

में श्रेष्ठ भूमि पर अधिक उपज होती है और इन दोनों उपज के अंतर को ही 'आर्थिक लगान' कहते हैं। रिकॉर्डों ने 'लगान' शब्द का प्रयोग आर्थिक लगान के अर्थ में ही किया गया है। निम्न श्रेणी की भूमि (Most Inferior Land) को 'सीमांत भूमि' (Marginal Land) तथा श्रेष्ठ भूमियों को 'पूर्व सीमांत' (Intra-Marginal Land) कहते हैं।

आधुनिक अर्थशास्त्रियों के अनुसार केवल भूमि नहीं, बल्कि अन्य सभी साधन आर्थिक लगान प्राप्त कर सकते हैं। आर्थिक लगान साधन की अवसर लागत के ऊपर बचत है। मान लीजिए, किसी विद्यालय में एक शिक्षक को 2,000 रु. वेतन मिलता है, जो उसकी वास्तविक आय है। यह भी मान लीजिए, वह शिक्षक किसी दूसरे विद्यालय में भी काम करता है, जहाँ उसे 1,500 रु. मिलते हैं। अतः वह शिक्षक पहले विद्यालय में तब तक काम करेगा, जब तक उसका वेतन 1,500 रु. से कम न हो जाए। अतः शिक्षक की अवसर लागत (Opportunity Cost) अथवा स्थानांतरण आय (Transfer Earning) 1,500 रु. होगी, लेकिन वास्तविक आय 2,000 रु. है। अतः इन दोनों का अंतर (2,000–1,500=500 रु.) लगान होगा।

आर्थिक लगान =कुल लगान–पूँजी पर ब्याज+प्रबंध पर ब्याज+जोखिम का पुरस्कार

(मध्य प्रदेश PCS (PT) Exam. 2000)

Economic Services (आर्थिक सेवाएँ) : किसी देश के बजट में आर्थिक गतिविधियों जैसे कृषि अथवा इससे संबंधित कार्य, ऊर्जा उद्योग व खनिज, यातायात, विज्ञान, तकनीकी और पर्यावरण के सबंध में बनाई गई विभिन्न परियोजनाएँ।

Economic System (आर्थिक प्रणाली) : इसका तात्पर्य वैधानिक तथा संस्थात्मक ढाँचा है, जिसके अंतर्गत आर्थिक क्रियाएँ संचालित होती हैं। वास्तव में आर्थिक प्रणाली संस्थाओं का एक ऐसा ढाँचा है, जिसके

द्वारा उत्पत्ति के साधनों तथा उनके द्वारा उत्पादित वस्तुओं के प्रयोग पर सामाजिक नियंत्रण किया जाता है। इसके अंतर्गत कई बातों का अध्ययन किया जाता है। जैसे—किन-किन वस्तुओं का उत्पादन किया जाए (What do Product), उत्पादन कैसे हो अथवा उत्पादन की तकनीक क्या हो (How to Produce), उत्पादित माल का वितरण कैसे हो, (How to distribute the goods Product in the conomy) और वर्तमान एवं भविष्य के बीच चयन कैसे किया जाए (How to chose between the Present and the Future)।

Economic Theory (आर्थिक सिद्धांत) : आर्थिक सिद्धांत एक तार्किक तथा व्यवस्थित ढाँचा प्रदान करता है, जो इस बात की व्याख्या करता है कि एक बात दूसरी से किस प्रकार संबंधित है अर्थात् इस सिद्धांत का उद्देश्य व्याख्या करना तथा निष्कर्ष निकालना या भविष्यवाणी करना है।

Economics (अर्थशास्त्र) : अर्थशास्त्र एक सामाजिक विज्ञान है, जिसका उद्देश्य व्यक्तियों के संगठित व्यवहार (Organised behaviour) या व्यक्तियों के समूह व्यवहार के आर्थिक पहलुओं का अध्ययन करना है। दूसरे शब्दों में इसे यूँ परिभाषित कर सकते हैं कि अर्थव्यवस्था जीवनयापन के लिए अपनाई गई आर्थिक व्यवस्था है या आर्थिक अध्ययन है।

Elasticity of Demand (माँग की लोच) : माँग की लोच किसी वस्तु की कीमत में परिवर्तन के उत्तर में माँग की मात्रा में होनेवाले परिवर्तन की माप है। माँग की लोच की धारणा हमें यह बतलाती है कि मूल्य में परिवर्तन के परिणामस्वरूप माँग में किस गति अथवा दर से परिवर्तन होता है। डॉ. मार्शल ने लोच की धारणा का प्रयोग केवल कीमत परिवर्तनों के संदर्भ में ही किया था। अत: उन्हीं धारणा को हम 'कीमत लोच' कह सकते हैं। कीमत लोच किसी वस्तु की कीमत में दिए हुए प्रतिशत परिवर्तन का अनुपात होता है।

Embargo (घाटबंदी) : घाटबंदी से तात्पर्य व्यापार प्रतिरोध से है, जिसके अंतर्गत कोई राष्ट्र या कुछ राष्ट्र मिलकर, किसी विशेष राष्ट्र के साथ अपना संपूर्ण व्यापार अथवा वस्तु विशेष का व्यापार बंद कर देते हैं। घाटबंदी के अंतर्गत कोई एक राष्ट्र अथवा एक से अधिक राष्ट्र मिलकर किसी राष्ट्र के जहाजों के बढ़ने पर रोक लगा देते हैं। ऐसी स्थिति में उन जहाजों को किसी बंदरगाह पर रोक दिया जाता है या किसी विशेष बंदरगाह पर पहुँचने नहीं दिया जाता। या हम यूँ कह सकते हैं कि कोई भी देश किसी खास देश के जलयान को अपने बंदरगाहों पर नहीं रुकने देता, 'घाटबंदी' कहलाता है।

Engel's Law (एंजिल का नियम) : एक गरीब अपनी आय का अधिकांश हिस्सा भोजन पर व्यय करता है। जैसे-जैसे उसकी आय बढ़ती जाती है वैसे-वैसे भोजन पर किए जानेवाले व्यय की प्रतिशतता घटती जाती है। ग्राफीन के अनुसार विलासिता संबंधी वस्तुओं के मूल्य गिरते जाते हैं तो माँग में कमी होती जाती है। और मूल्य में वृद्धि होती है तो माँग में भी वृद्धि होती है।

Entrepot Trade (मध्य पतन व्यापार) : पुनर्निर्यात के लिए आयात करना 'मध्य पतन व्यापार' कहलाता है। ऐसे बंदरगाह, जो सुविधाजनक वितरण केंद्र है अर्थात् जहाँ से विभिन्न देशों को माल की आपूर्ति की जा सकती है। प्राय: अपनी घरेलू आवश्यकता से अधिक मात्रा में वस्तुओं का आयात करते हैं तथा इस प्रकार से आयातित आधिक्य का आस-पड़ोस के देशों को निर्यात कर देते हैं। लंदन व सिंगापुर जैसे बंदरगाहों के माध्यम से बड़ी मात्रा में मध्य पतन व्यापार किया जाता है।

Entrepreneur (उद्यमी) : यह किसी फर्म का स्वामी और प्रबंधक होता है, जो लाभ का अधिकारी होता है। यह उत्पादन के साधनों का नियोक्ता होता है।

Equity Share (इक्विटी शेयर) : अधिमानित शेयरों को निर्धारित दर से लाभांश के वितरण के पश्चात् शेष बचे लाभ को इक्विटी शेयरधारकों

के बीच बराबर हिस्सों में बाँट दिया जाता है। इक्विटी शेयर के धारक ही कंपनी के वास्तविक स्वामी होते हैं। कंपनी को लाभ न होने पर उन्हें किसी प्रकार का लाभांस नहीं दिया जाता है। परंतु अधिक लाभ होने पर उन्हें लाभांश दिया जाता है। लाभांश बाँटने के पश्चात् शेष राशि से कंपनी द्वारा इन इक्विटी शेयरधारकों को कुछ अतिरिक्त शेयर दे दिए जाते हैं, जिन्हें 'बोनस शेयर' कहते हैं।

Ergonomics (श्रम दक्षता शास्त्र) : किसी श्रमिक की कार्यदक्षता एवं उसके द्वारा किए जानेवाले वास्तविक कार्य के मध्य संबंध का अध्ययन करने वाले विषय को 'श्रम दक्षता शास्त्र' कहते हैं। इसके अध्ययन का उद्देश्य कार्यदक्षता में वृद्धि करना है।

Estate Duty (जायदाद शुल्क) : किसी व्यक्ति की मृत्यु के पश्चात् उसकी संपत्ति के हस्तांतरण के समय, जो कर उस संपत्ति पर लगाया जाता है, उसे ही हम 'जायदाद शुल्क' कहते हैं।

Euro-Issue (यूरो निर्गम) : भारत सरकार, भारतीय रिजर्व बैंक तथा भारतीय प्रतिभूति एवं विनिमय बोर्ड (सेबी) ने कतिपय प्रावधानों के अंतर्गत चुनिंदा भारतीय कंपनियों को विदेशी पूँजी बाजारों में निर्गम जारी करके विदेशी मुद्रा में पूँजी एकत्रित करने की छूट प्रदान कर दी है, इसी के तहत जब कोई भारतीय कंपनी विदेशों में अपना निर्गम जारी करती है तो उसे 'यूरो निर्गम' कहते हैं।

Euro-Star (यूरो स्टार) : इंग्लैंड और फ्रांस को रेलमार्ग से जोड़ने के लिए समुद्र के नीचे बनाई गई सुरंग से होकर चलनेवाली रेलयात्री गाड़ी को 'यूरो स्टार' का नाम दिया गया है।

Exchange Control (विनिमय नियंत्रण) : यह उस व्यवस्था का नाम है, जिसके अंतर्गत कोई देश विदेशी मुद्राओं के स्वतंत्र बाजार पर नियंत्रण करके अपनी मुद्रा की विनिमय दर को उस दर से भिन्न रखने का प्रयास करता है, जो स्वतंत्र बाजार में निर्धारित होती है।

Exchange Rate (विनिमय दर) : जिस दर पर एक देश की मुद्रा या स्वर्ण दूसरे देश की मुद्रा या स्वर्ण में बदली जाती है, उसे ही हम 'विनिमय दर' कहते हैं।

Excise Duty (उत्पाद शुल्क) : देश के अंदर निर्मित वस्तुओं के उत्पादन पर लगाया गया कर 'उत्पाद शुल्क' कहलाता है।

Exit Policy (निकास नीति) : इस नीति की चर्चा सितंबर 1991 में ही प्रारंभ की गई थी, जिसका उद्देश्य रुग्ण एवं अकुशल उद्योगों को बंद करने के साथ-साथ औद्योगिकी उपक्रमों के फालतू कर्मचारियों को कार्य से मुक्त करना है ताकि अर्थव्यवस्था पर आवश्यक भार कम हो सके। मार्च 1992 में सरकार ने इस नीति की स्वीकृति दे दी।

Export-Import Bank of India-Exim Bank (भारतीय आयात-निर्यात बैंक) : इसकी स्थापना 1 जनवरी, 1982 को की गई थी। इसका उद्देश्य आयातकों एवं निर्यातकों को वित्तीय सहायता प्रदान करना है। यह बैंक न केवल भारत ही, बल्कि तृतीय विश्व के देशों के लिए वस्तुओं तथा सेवाओं के निर्यात एवं आयात के लिए वित्त का प्रबंध करता है।

□

F

Family Holding (पारिवारिक जोत) : वह जोत, जो स्थानीय परिस्थितियों के अनुसार वहाँ के प्रचलित तौर-तरीकों से एक औसत आकारवाले परिवार को एक हल इकाई उपलब्ध करा सके। इसका अर्थ यह हुआ कि एक परिवार की जोत का आकार इतना छोटा भी न हो कि एक किसान और एक हल को पूरा कार्य न मिल सके और न इतना बड़ा हो कि परिवार के सदस्यों सहित एक किसान हल सहित उस जमीन पर अच्छी तरह से खेती भी न कर सके।

Fecundity and Fertility (जनन शक्ति एवं जनन क्षमता) : शिशुओं के जन्म की वास्तविक क्षमता 'जनन क्षमता' कहलाती है, जबकि शिशुओं के जन्म देने की सामर्थ्य को 'जनन शक्ति' कहते हैं। स्पष्ट है कि जनन क्षमता जनन शक्ति की ऊपरी सीमा निर्धारित करती है।

Fiat Money (प्रादिष्ट मुद्रा) : यह मुद्रा केवल संकटकाल में ही जारी की जाती है, इसीलिए इसे 'संकटकालीन मुद्रा' भी कहा जाता है, हालाँकि सन् 1914 ई. में अस्थायी आधार पर इसे जारी किया गया था, लेकिन अब इसे स्थायी कर दिया गया है, इस प्रकार की मुद्रा को धातु सिक्कों में बदलने के लिए सरकार किसी प्रकार की गारंटी नहीं देती, इस मुद्रा की कुछ विशेषताएँ निम्नलिखित हैं—

1. इसका निर्गमन सीमित मात्रा में किया जाता है।
2. यह संकट के समय जारी की जाती है।

3. इस मुद्रा के पीछे किसी प्रकार की Cover (आड़) नहीं होती। इस प्रकार की मुद्रा विशेष परिस्थिति में ही जारी की जाती है। पूर्ण रूप से असीमित विधिग्राह्य मुद्रा होती है।

Fiduciary Issue (फिड्यूशियरी इश्यू) : बिना रिजर्व रखे कागजी मुद्रा का चलन में लाना 'फिड्यूशियरी इश्यू' कहलाता है।

Finance Commission (वित्त आयोग) : केंद्र से राज्यों को वित्तीय हस्तांतरण हेतु दिशा-निर्देश सुझाने के लिए वित्त आयोग का गठन संविधान के अनुसार 280 के आधार पर होता है। राष्ट्रपति द्वारा प्रत्येक 5 वर्ष के बाद वित्त आयोग का गठन किया जाता है, किंतु स्मरण रहे कि आवश्यकता पड़ने पर 5 वर्ष के पूर्व भी इसका गठन किया जा सकता है। इसमें एक अध्यक्ष के अलावा चार अन्य सदस्य होते हैं। पहले वित्त आयोग का गठन सन् 1952 में किया गया था। जिसके अध्यक्ष के. सी. नियोगी थे। 280 के अनुसार आयोग को इस संबंध में राष्ट्रपति को निम्नलिखित विषयों में सिफारिश करनी होती है—

1. केंद्र तथा राज्यों के बीच करों से प्राप्त शुद्ध राजस्व का वितरण तथा इसमें विभिन्न राज्यों के हिस्सों का बँटवारा।
2. भारत की संचित निधि में से राज्यों को दिए जानेवाले अनुदानों के लिए सिद्धांत निर्धारित करना।
3. केंद्र और राज्यों के वित्तीय संबंधों के बारे में किसी अन्य मामले की जाँच करना।

Fiscal Deficit (राजकोषीय घाटा) : बजटीय घाटे में सरकार के कुल ऋणभार जोड़ देने पर जो प्राप्त होता है, उसे 'राजकोषीय घाटा' कहते हैं। कुल ऋणभार, जिसके अंतर्गत बाजार ऋण, लघु बचत P.F., बाह्य ऋण इत्यादि आते हैं जैसे—मौद्रिक घाटे+बजटीय घाटे=राजकोषीय घाटे+बजटीय घाटे+आंतरिक ऋण+बाह्य ऋण=राजकोषीय घाटे+प्राथमिक घाटे+ब्याज अदायगी=राजकोषीय घाटे।

Fiscal Drag (राजकोषीय कर्षण) : इसका अभिप्राय: बढ़े हुए कर से है, जो करों की दरों में बिना किसी परिवर्तन किए हुए मुद्रास्फीति के फलस्वरूप उत्पन्न हो जाता है। ऐसी परिस्थिति में बढ़ी हुई मजदूरी तथा वेतन के कारण व्यक्ति ऊँचे कर स्लैब में पहुँच जाते हैं।

Fiscal Illusion (राजकोषीय भ्रम) : जब सरकार के किसी व्यय का लाभ व्यक्ति द्वारा स्पष्ट रूप से पहचान लिया जाता है, परंतु उसकी लागत से वह अनभिज्ञ रहता है तो उसे 'राजकोषीय भ्रम' कहते हैं।

Fiscal Policy (राजकोषीय नीति) : यह सरकार की नीति का एक अंग है, जो स्वयं सरकार द्वारा कार्यान्वित की जाती है। आर्थिक विकास से संबंधित आर्थिक क्रियाओं के कारण उत्पन्न समस्याओं को दूर करने के लिए सरकार द्वारा कई उपाय किए जाते हैं। जो राजकोषीय नीति का आवश्यक अंग है, इसके अधीन निम्नलिखित उपाय हैं—

1. सार्वजनिक व्यय में कमी या वृद्धि करके तेजी और मंदी की स्थिति से छुटकारा पा सकता है। तेजी की स्थिति में सरकार अपने व्यय को कम कर देती है, जिससे निजी व्यय में वृद्धि हो जाती है और पैसा सरकार के पास चला जाता है, दूसरी ओर मंदी की स्थिति में सरकार अपना व्यय बढ़ा देती है।

2. सार्वजनिक ऋण में वृद्धि कर मुद्रास्फीति को नियंत्रित कर लेती है, क्योंकि जनता के हाथों से सरकार के पास चली जाती है और उनका व्यय कम हो जाता है। दूसरी ओर मंदी की अवस्था में सरकार अपने ऋणों में कमी कर देती है।

3. सरकार मुद्रास्फीति को नियंत्रित करने के लिए अतिमूल्यन और मंदी को दूर करने के लिए अवमूल्यन भी करती है। ध्यान रहे, अर्थव्यवस्था की आर्थिक व सामाजिक समस्याओं के समाधान में आर्थिक नीतियों के बदले हुए स्वरूप के अनुरूप राजकोषीय नीति के उद्देश्य भी परिवर्तन होते रहते हैं।

Fixed Cost (स्थिर या पूरक लागत) : वह लागत जो स्थिर साधनों को प्रयोग में लाने के लिए की जाती है अर्थात् स्थिर साधन वे हैं, जिनकी मात्रा बहुत शीघ्रता से परिवर्तित नहीं की जा सकती, जैसे—मशीन, यंत्र, भूमि, मकान आदि। दूसरे शब्दों में हम यह कह सकते हैं कि जो लागतें अल्पकाल में उत्पादन में परिवर्तन होने पर भी स्थिर रहती हैं। इसके अंतर्गत कारखाने का किराया स्थायी उच्च अफसरों के वेतन, दीर्घकालीन ऋणों पर ब्याज, बीमा किस्त आदि स्थिर लागतों को 'ऊपरी लागतें' भी कहते हैं।

Floating-a-Currency (फ्लोटिंग-ए-करेंसी) : वर्तमान परिस्थिति में विश्व के विभिन्न देशों की मुद्राओं के सरकारी तथा गैर-सरकारी मूल्यों में काफी उतार-चढ़ाव होते रहते हैं, ऐसे उतार-चढ़ाव को देखते हुए कुछ देशों ने अपने देश की मुद्रा का अन्य देशों के सापेक्ष मूल्य निर्धारित न करने का निर्णय लेते हुए दैनिक आधार पर ही मुद्रा का मूल्य निर्धारित करने का निर्णय लिया, मुद्रा मूल्य निर्धारण की इस प्रक्रिया को ही 'फ्लोटिंग-ए-करेंसी' कहते हैं।

Foot Loose Industry (अस्थिर उद्योग) : ऐसे उद्योग, जिनके लिए यह आवश्यक नहीं है कि किसी विशेष क्षेत्र में ही उसकी स्थापना की जाए।

Foot Trade (खुला व्यापार) : वह अंतरराष्ट्रीय व्यापार, जिसमें वस्तुओं के आवागमन पर किसी प्रकार का सरकारी नियंत्रण न हो।

Foreign Currency (Non-Resident) Account (विदेशी मुद्रा (अनिवासी) खाता) : भारतीय रिजर्व बैंक ने भारतीय बैंकों को 1 नवंबर, 1975 से इस प्रकार के खाते खोलने की अनुमति प्रदान की है। इस प्रकार के जमा खाते कुछ चुनी हुई परिवर्तनशील मुद्राओं में खोले जाते हैं। नकद जमाओं के अलावा विदेशों में निवासी भारतीय ड्राफ्ट, मेल ट्रांसफर, टेलीग्राफिक, ट्रांसफर या चेक के द्वारा धनराशि भेज सकते हैं। जिस (स्वीकृत) मुद्रा में खाता रखा जाता है, ब्याज उसी मुद्रा में अदा किया जाता है, ब्याज पर भारतीय आयकर नहीं लगता।

Foreign Direct Investment (विदेशी प्रत्यक्ष निवेश) : भौतिक संपदा जैसे कारखाने, भूमि, पूँजीगत वस्तुएँ तथा आधारित संरचनावाले क्षेत्रों में जब विदेशी निवेशक अपना धन लगाते हैं तो इसे 'प्रत्यक्ष विदेशी पूँजी निवेश' कहा जाता है। अधिकांशतया इस प्रकार के निवेश बहुराष्ट्रीय कंपनियों द्वारा किए जाते हैं।

Foreign Exchange Management Act-FEMA (विदेशी मुद्रा प्रबंधन अधिनियम-फेमा) : विदेशी व्यापार को बढ़ाने तथा विदेशी मुद्रा बाजार के समुचित विकास के लिए FEMA अधिनियम (1999) 1 जून, 2000 से लागू किया गया है। FEMA के तहत केंद्र सरकार व रिजर्व बैंक को यह अधिकार प्रदान किया गया कि वह एक-दूसरे से परामर्श करके चालू खाते के लेन-देनों पर समुचित प्रतिबंध आरोपित कर सके। साथ ही पूँजी खाते के तहत लेन-देन के लिए विदेशी मुद्रा की निकासी की समुचित सीमा निर्धारित कर सके। फेरा FERA के विपरीत FEMA में सरकार को यह अधिकार प्रदान किया गया है कि वह इस अधिनियम के किसी प्रावधान को कार्यान्वयन से रोक सके। यहाँ तक कि समूचे अधिनियम के कार्यान्वयन को निलंबित रखने का अधिकार भी सरकार को प्राप्त है।

Foreign Exchange Reserves (विदेशी विनिमय भंडार) : किसी भी देश के पास उपलब्ध स्वर्ण और विदेशी मुद्राओं के भंडार को 'विदेशी विनिमय भंडार' कहते हैं।

Forth World (चौथी दुनिया) : चौथी दुनिया के अंतर्गत वे अल्पविकसित तथा विकासशील देश आते हैं, जिनपर अत्यधिक विदेशी ऋण है तथा पेट्रोल निर्यातक देशों द्वारा मूल्यवृद्धि से विशेष प्रभावित होते हैं। उदाहरणार्थ—अत्यधिक ऋण बोझवाले अल्पविकसित देश।

Forward Rate (अग्रगामी दर) : जिस दर पर कोई करेंसी अग्रवर्ती बाजार में भविष्य में हस्तांतरण के उद्देश्य से खरीदी या बेची जाती है, उसे ही हम 'अग्रगामी दर' कहते हैं।

Free Port (मुक्त बंदरगाह) : जिस बंदरगाह पर पुनर्निर्यात होनेवाले सामान पर कोई कर नहीं लगाया जाता है, उसे 'मुक्त बंदरगाह' कहते हैं।

Frictional Unemployment (घर्षणात्मक बेरोजगारी) : बाजार की दशाओं में परिवर्तन के कारण उत्पन्न बेरोजगारी को 'घर्षणात्मक बेरोजगारी' कहते हैं, अर्थात् माँग और पूर्ति की शक्तियों में परिवर्तन के कारण यह बेरोजगारी उत्पन्न होती है।

Fringe Benefits (अनुषंगी हितलाभ) : निर्धारित मौद्रिक वेतन के अतिरिक्त नियोक्ताओं द्वारा अपने कर्मचारियों को जो अतिरिक्त सुविधाएँ उपलब्ध कराई जाती हैं, उन्हें 'अनुषंगी हितलाभ' कहते हैं।

Full Inflation and Partial Inflation (पूर्ण तथा आंशिक स्फीति) : मुद्रा की मात्रा में वृद्धि होने से अर्थव्यवस्था में बेकार पड़े हुए उत्पादन

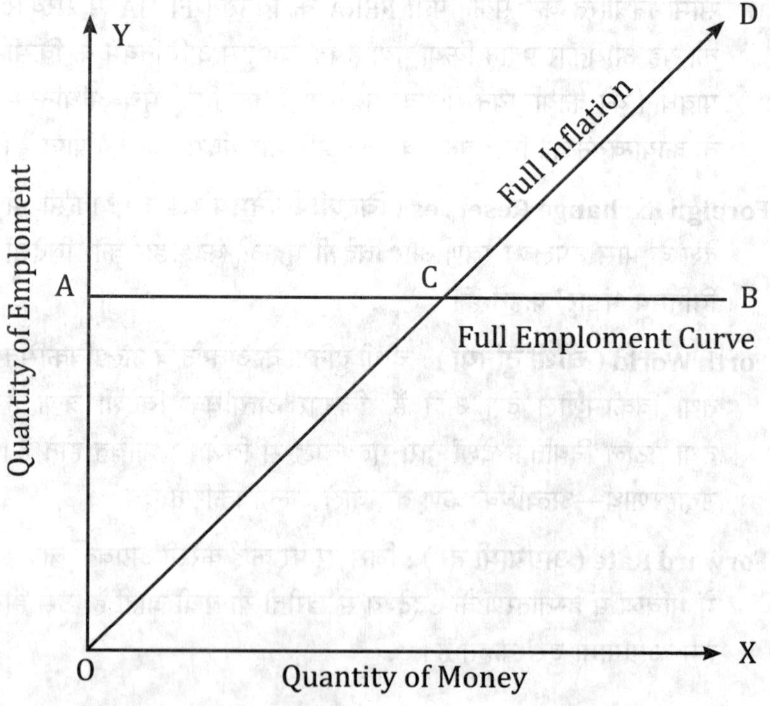

के साधनों को अधिक काम मिलता है, जिससे रोजगार के अवसर में वृद्धि होती है। इस प्रकार पूर्ण रोजगार के बिंदु से पहले मुद्रा की मात्रा में होनेवाली वृद्धि कीमत स्तर की तुलना में रोजगार की मात्रा को बढ़ाती है। किंतु पूर्ण रोजगार के बिंदु के उपरांत मुद्रा की मात्रा में होनेवाली वृद्धि रोजगार को तो नहीं बढ़ाती है (क्योंकि पूर्ण रोजगार की स्थिति पहले से ही बनी हुई है), परंतु कीमत स्तर में तेजी से वृद्धि होती है तो इस प्रकार की स्थिति को 'पूर्ण स्फीति' कहते हैं। पूर्ण रोजगार की अवस्था से पूर्व मुद्रा की मात्रा में वृद्धि होने के परिणामस्वरूप कीमत स्तर में जो वृद्धि होती है। उसे ही हम 'पूर्ण तथा आंशिक स्फीति' कहते हैं। एक रेखाचित्र के द्वारा और इसे स्पष्ट किया जा सकता है।

□

G

General Agreement on Trade and Tariffs (व्यापार तथा प्रशुल्क संबंधी सामान्य समझौता) : अंतरराष्ट्रीय व्यापार पर विभिन्न प्रकार के संरक्षण संबंधी लगे प्रतिबंधों को हटाने के उद्देश्य से अमेरिका तथा विश्व के 23 अन्य देशों ने सन् 1947 में हवाना में एक सम्मेलन किया था। इसके अंतर्गत यह तय किया गया कि कोई देश किसी दूसरे देश को प्रशुल्क संबंधी रियायतें देता है तो वह रियायतें सभी देशों को देनी पड़ेंगी अर्थात् कोई सदस्य देश अन्य देशों के साथ पक्षपातपूर्ण व्यापार नहीं कर सकता। इसके निम्नलिखित मुख्य उद्देश्य थे—

1. सदस्य देशों को व्यापार संबंधी भेदभाव हटाकर मित्रता की भावना उत्पन्न करना और जीवन स्तर को ऊँचा उठाना।
2. भावना उत्पन्न विश्व में उपलब्ध साधनों का इष्टतम उपयोग करना।
3. विश्व के अंतरराष्ट्रीय व्यापार तथा उत्पादन में वृद्धि करना, इसी समझौते के आधार पर सन् 1948 में GATT नामक एक संगठन की स्थापना जेनेवा में की गई।
4. अंतरराष्ट्रीय व्यापार पर लगाए गए भिन्न-भिन्न प्रतिबंधों को हटाना या कम करना।

General Fertility Rate (सामान्य प्रजनन दर) : प्रजनन योग्य आय में रहने वाली प्रतिहजार महिलाओं पर जन्म लेनेवाले बच्चों की संख्या को सूत्र द्वारा स्पष्ट किया जा सकता है।

$$GFR = \frac{B}{PF\ 15.49} X\ 100$$ यहाँ GFR = सामान्य प्रजनन दर

$$\frac{B}{PF\ 15.49}$$ = 15.49 आयु वर्ग की मध्यवर्गीय जनसंख्या

Generalised System of Preferences-GSP (अधिमानों की सामान्यीकृत प्रणाली) : सन् 1964 से 68 तक संयुक्त राष्ट्र के व्यापार एवं विकास पर हुए सम्मेलन में औद्योगिक दृष्टि से संपन्न देश विकासशील देशों से बिना परस्परता के प्राथमिकता के आधार पर वस्तुएँ आयात करना तथा विकसित देशों की कुल G.N.P. का 1 प्रतिशत विकासशील देशों को आर्थिक सहायता के रूप में देने पर सहमत हुए, जिसे 'अधिमानों की सामान्यीकृत प्रणाली' कहा जाता है।

Giffing Goods (गिफीन वस्तुएँ) : गिफीन वस्तुएँ कुछ घटिया किस्म की ऐसी वस्तुएँ होती हैं, जिन पर उपभोक्ता अपनी आय का बड़ा भाग व्यय करता है। इन वस्तुओं पर माँग का नियम लागू नहीं होता है, बल्कि मूल्य में वृद्धि से इनकी माँग बढ़ जाती है तथा मूल्य की कमी से माँग भी कम हो जाती है। गिफीन वस्तुओं के संबंध में माँग का नियम लागू नहीं होता है। गिफीन वस्तुओं के लिए तीन विशेषताएँ होनी चाहिए—

1. निम्नकोटि की वस्तु पर व्यय किए जानेवाले व्यय-आय का अनुपात बड़ा होना चाहिए, व्यवहार में ऐसी निम्नकोटि की वस्तु का पाया जाना बहुत कठिन है।
2. निम्नकोटि की वस्तुएँ होनी चाहिए।
3. प्रतिस्थापन प्रभाव छोटा होना चाहिए।

Gift Tax (उपहार कर) : उपहार के रूप में दिए गए धन पर जो कर लगाया जाता है, उसे 'उपहार' कर कहते हैं। यह भारत में केंद्रीय सरकार द्वारा लगाया प्रत्यक्ष कर है। करारोपण के लिए उपहारों का बाजार मूल्य लिया

जाता है। 1990–91 के बजट से उपहार देनेवाले पर न लगाकर उपहार लेनेवाले पर लगाया जाता है।

Gilt Edged (श्रेष्ठ बाजार) : सरकारी प्रतिभूतियों का बाजार 'श्रेष्ठ बाजार' कहलाता है।

Global Village (वैश्विक गाँव) : सूचना तकनीक के क्षेत्र में हुई अभूतपूर्व क्रांति, चाहे वह उपग्रह के माध्यम से हुई हो या माइक्रोवेव से या कि कंप्यूटर प्रणाली से, हमारे लिए एक नवीन दुनिया प्रस्तुत करती है, सूचना के मामले में दुनिया का आकार दिन–प्रतिदिन छोटा होता जा रहा है। अर्थात् हम एक–दूसरे के अत्यधिक निकट आ रहे हैं। मार्शल मकलुहान इसी स्थिति को ही 'वैश्विक गाँव' या 'विश्वस्तरीय गाँव' कहते हैं।

Globalisation (वैश्वीकरण) : वैश्वीकरण का शाब्दिक अर्थ है विश्व की अर्थव्यवस्था के साथ जुड़ जाना। अंतरराष्ट्रीय व्यापार के माध्यम से वैश्वीकरण होता है। व्यापार दो तरह के होते हैं—

1. आंतरिक व्यापार
2. बाह्य व्यापार।

आंतरिक व्यापार में वस्तुओं के साथ–साथ उत्पादन के साधन भी गतिशील होते हैं, किंतु बाह्य व्यापार में उत्पादन के साधन में उतनी गतिशीलता नहीं पाई जाती है। बाह्य व्यापार (अंतरराष्ट्रीय व्यापार) में अनेक प्रतिबंध होते हैं, जैसे—क्रेता, तटकर इत्यादि। इसे हम यूँ कह सकते हैं, जब मौद्रिक राजकोषीय एवं औद्योगिक क्षेत्रों में उदारीकरण के साथ–साथ व्यापारिक क्षेत्रों में भी उदारीकरण की नीति अपनाई जाती है। तब उसे हम 'वैश्वीकरण' कहते हैं।

Gold Standard (स्वर्णमान) : जब किसी देश की प्रधान मुद्रा स्वर्ण में परिवर्तनशील होती है अथवा मुद्रा का मूल्य सोने में मापा जाता है, तो इस मौद्रिक व्यवस्था को 'स्वर्णमान' कहते हैं, लेकिन अब किसी देश में स्वर्णमान नहीं है।

Golden Hand Shake Scheme (स्वर्णिम विदाई योजना) : सन् 1911 की नई औद्योगिक नीति में सरकार ने सार्वजनिक क्षेत्र में उपक्रमों को फालतू कर्मचारियों के भार से मुक्त करने हेतु एक स्वैच्छिक सेवानिक योजना प्रारंभ की थी, जिसे स्वर्णिम विदाई योजना की संज्ञा दी गई।

Good Money and Bad Money (अच्छी मुद्रा तथा बुरी मुद्रा) : अच्छी मुद्रा से अभिप्राय: नए तथा पूर्णकाय सिक्कों से होता है। कागजी मुद्रा के संदर्भ में है तथा अच्छी मुद्रा से अभिप्राय: उन नोटों से है, जो अच्छी हालत में हैं तथा सिक्कों में परिवर्तनशील है। इसके विपरीत 1 बुरी मुद्रा से अभिप्राय पुराने वजन में कम घिसे हुए और जाली सिक्कों से है तथा अपरिवर्तनशील नोटों से है। यदि देश में एक ही प्रकार की कागजी मुद्रा प्रचलित है तो गंदे तथा फटे-पुराने नोट बुरी मुद्रा बन जाएँगे और अच्छे, साफ तथा नए नोट अच्छी मुद्रा बन जाएँगे।

नोट : इसका प्रयोग करनेवाले सर्वप्रथम व्यक्ति महारानी एलिजाबेथ के आर्थिक सलाहकार सर थॉमस ग्रेशम थे।

Government Securities (सरकारी प्रतिभूतियाँ) : सरकारी प्रतिभूतियों में सरकारी प्रतिज्ञा-पत्र (Government Promissory Hates) राष्ट्रीय बचत प्रणाली-पत्र तथा राष्ट्रीय बचत योजना वाहक बंधक-पत्र (Bearer Bonds) आदि सम्मिलित किए जाते हैं। बैंक इन प्रतिभूतियों की जमानत पर सरलता से ऋण प्रदान कर सकते हैं, क्योंकि इन प्रतिभूतियों का मूल्य स्थिर रहता है तथा ये सुरक्षित समझी जाती हैं।

Grants in Aid (सहायता अनुदान) : केंद्र सरकार द्वारा राज्य सरकारों को उनके नैतिक, वैधानिक व राजकीय उत्तरदायित्वों को पूरा करने के लिए दी गई आर्थिक सहायता।

Green Revolution (हरित क्रांति) : कृषि का आधुनिकीकरण करके प्रति हेक्टेयर उत्पादकता में वृद्धि करना। सन् 1960 के दशक के मध्य में मैक्सिको से लाए गए गेहूँ के उन्नत बीजों से भारतीय कृषि वैज्ञानिकों ने

संस्करण द्वारा नई–नई गेहूँ की अधिक उपज देनेवाली प्रजातियाँ विकसित कीं, जिनकी प्रति हेक्टेयर उपज क्षमता 60.65 क्विंटल थी। सन् 1960 के दशक के मध्य में कृषि में हरित क्रांति आई, परिणामस्वरूप खाद्यान्न में आत्मनिर्भरता आई, जिसका श्रेय नोबेल पुरस्कार से सम्मानित कृषि वैज्ञानिक डॉ. नॉरमन बोरलॉग को है। इनमें भारत के संदर्भ में इसका श्रेय एम.एन. स्वामीनाथन को भी दिया जाता है। हरित क्रांति का मुख्य संबंध गेहूँ और चावल से रहा, मकई उत्पादन के क्षेत्र में भी प्रभावशाली प्रगति हुई है और मोटे अनाजों में कोई वृद्धि नहीं हुई, इसमें गिरावट ही आई। एम.एस.सी. नारकोटिस इंस्पेक्टर परीक्षा 2.4.2000, B.P.S.C. 1998

Gross Domestic Product (सकल घरेलू उत्पाद) : एक वित्तीय वर्ष के अंतर्गत देश की सीमाओं के अंदर उत्पादित अंतिम वस्तुओं और सेवाओं के मूल्य के योग को 'सकल घरेलू उत्पाद' कहते हैं।

नोट : वस्तुओं और सेवाओं की गणना एक ही बार की जानी चाहिए, दो बार नहीं तथा विदेशों में अर्जित आय को इसमें शामिल नहीं किया जाता है। B.P.S.C. 1998।

Gross National Product (सकल राष्ट्रीय उत्पाद) : G.D.P में देशवासियों द्वारा विदेशों में अर्जित आय को छोड़ देंगे तथा विदेशियों द्वारा देश में अर्जित आय को हटा देंगे तो शेष बची को 'सकल राष्ट्रीय उत्पाद' कहेंगे।

नोट : दो अवस्थाओं में G.N.P, G.D.P. के बराबर होगा—

1. देशी द्वारा विदेश में अर्जित आय और विदेशी द्वारा देश में अर्जित आय बराबर हो।
2. देश आत्मनिर्भर हों।

Gross Profit (कुल लाभ) : लाभ का अर्थ कुल लाभ से ही होता है। एक उत्पादक या फर्म को कुल आगम में से उत्पादन के साधनों (श्रम,

पूँजी, भूमि तथा प्रबंध) के पुरस्कारों तथा घिसाई व्यय (Deprcetion Cost) को निकाल देने के बाद जो शेष बचता है, उसे 'कुल लाभ' कहते हैं। हम दूसरे शब्दों में यूँ कह सकते हैं कि कुल आय में से लगान मजदूरी एवं व्यापार देने के बाद जो कुछ भी बचता है, वही कुल लाभ है। संक्षेप में—

कुल लाभ=साहसी के निजी साधनों का प्रतिफल+घिसावट व्यय+बीमा व्यय+आकस्मिक लाभ+एकाधिकारी लाभ

Gross Reproduction Rate (सकल पुनरुत्पादन दर) : प्रजनन योग्य आयु की स्त्रियों (15–49) की मात्रा बालिका जन्म पर आधारित आयु विशिष्ट प्रजनन दरों के योग्य है, ध्यान रहे कि कुल प्रजनन दर और सकल प्रजननता दर में अंतर यह है कि सकल पुनरुत्पादन दर में कुल जन्मित शिशुओं की प्रत्याशित संख्या की जगह केवल बालिकाओं के जन्म को ही ध्यान में रखा जाता है।

Grouth Rate of Population (जनसंख्या की वृद्धि दर) : जन्म दर और मृत्यु दर के अंतर का परिणाम ही जनसंख्या की वृद्धि दर है, जन्म दर और मृत्यु दर में जितना अधिक अंतर होगा, जनसंख्या की वृद्धि दर उतनी ही अधिक होगी। जनसंख्या की वृद्धि तीन अवस्थाओं से गुजरती है। प्रथम अवस्था में जन्म एवं मृत्यु दर दोनों ऊँची होती हैं, दूसरी मृत्यु दर तेजी से नीचे गिर जाती है, तीसरी जन्म दर भी नीचे गिर जाती है और पहले से गिरी हुई मृत्यु दर निम्न स्तर पर बनी रहती है। परिणामतः जनसंख्या की वृद्धि धीमी पड़ जाती है।

□

H

Hallmark (हॉलमार्क) : स्वर्णाभूषणों की गुणवत्ता को सुनिश्चित करने के लिए भारतीय मानक ब्यूरो (BIS) ने एक नई Hallmark योजना 12 अप्रैल, 2000 से प्रारंभ की है। BIS अधिनियम सन् 1986 के तहत जारी किए जानेवाले Hallmark उसी सोने से बने आभूषणों के लिए प्रदान किया जाएगा, जो आई.एस. 1417 के मानकों के अनुरूप होगा।

Hard Money (दुर्लभ, कड़ी मुद्रा) : विकसित देशों की मुद्रा, जिसे प्राप्त करना कठिन हो, उसे 'कड़ी मुद्रा' कहते हैं।

Havana Charter (हवाना चार्टर) : द्वितीय विश्वयुद्ध में विभिन्न देशों को आर्थिक हानियाँ हुई थीं। अतः युद्धोपरांत लगभग सभी देशों ने यह अनुभव किया कि आर्थिक उन्नति के लिए अंतरराष्ट्रीय व्यापार में वृद्धि करना बहुत ही जरूरी है, इस उद्देश्य को लेकर सन् 1944 में ब्रिटेनवुड्स में एक सम्मेलन के लिए कई प्रकार के सुझाव प्रस्तुत किए गए। इन्हीं सुझावों के आधार पर एक चार्टर बनाया गया और स्वीकृति हेतु विभिन्न देशों को भेजा गया था। अंत में मार्च 1948 ई. में हवाना में एक विधान बनाया गया, जो 'हवाना चार्टर' के नाम से प्रसिद्ध हुआ। इसका मुख्य उद्देश्य था—अंतरराष्ट्रीय व्यापार में पड़नेवाली अड़चनों एवं बाधाओं को दूर करना है।

Hawala Market (हवाला बाजार) : भारत में अधिकाधिक रिजर्व बैंक के द्वारा विदेशी मुद्राओं का क्रय-विक्रय एवं हस्तांतरण किया जाना चाहिए, किंतु काले धन के हस्तांतरण के लिए आमतौर पर नेटवर्क का उपयोग

किया जाता है, किसी विदेशी मुद्रा को भारत से ले जाने के लिए भारत में ही किसी हवाला एजेंट को रुपए उपलब्ध करा दिए जाते हैं, जिसके बदले में विदेश में निर्धारित व्यक्ति से विदेशी मुद्रा प्राप्त कर ली जाती है। ठीक इसी प्रकार मान लीजिए, दूसरे देश से भारत में धन भेजने के इच्छुक व्यक्ति विदेश में ही किसी एजेंट के पास विदेशी मुद्रा के लेन-देन के इस नेटवर्क को 'हवाला बाजार' कहते हैं।

High and Low (उच्च एवं निम्न) : पिछले 52 सप्ताह की अवधि में प्रत्येक शेयर का उच्चतम तथा निम्नतम बाजार मूल्य।

Hire Purchase (किराए पर खरीदारी) : वैसी खरीदारी, जिसका भुगतान मासिक किस्त अथवा वार्षिक किस्त में होता हो, उसे 'किराए पर खरीदारी' कहते हैं।

History of Economic Thought (आर्थिक विचारों का इतिहास) : अर्थशास्त्र की वह शाखा, जिसमें आर्थिक चिंतन (Economic Thought) के विश्लेषणात्मक अथवा वैज्ञानिक पहलुओं का अध्ययन किया जाता है।

Hot Money (उष्ण मुद्रा) : वैसी मुद्रा, जिसका बाजार मूल्य तेजी से गिर रहा हो और कोई भी उस मुद्रा को छूने से कतराता हो तो उसे 'उष्ण मुद्रा' कहते हैं।

Human Development Index (मानव विकास सूचकांक) : यह किसी देश में बुनियादी मानवीय योग्यता की औसत प्राप्ति की माप है। इसका आकलन संबंधित देश में जीवन प्रत्याशा, शिक्षा स्तर एवं वास्तविक आय के आधार पर किया जाता है।

Hundi and Cheque (सामान्य हुंडी एवं चेक) : चेक और हुंडी में मुख्य अंतर होता है, चेक सदैव माँग पर ही देय होता है, जबकि कुछ हुंडियाँ (दर्शनी) माँग पर देय होती हैं और कुछ निश्चित समय या अवधि के बाद।

नोट : हवाला बाजार में विदेशी मुद्रा की कीमत अपेक्षाकृत ऊँची होती है।

□

I

Impact of Tax (कराघात) : सरकार द्वारा लगाए गए किसी कर को सर्वप्रथम अदा करनेवाले व्यक्ति पर पड़ा कर का भार। वह इस कर–भार को किसी अन्य व्यक्ति पर अंतरित भी कर सकता है।

Imperative Planning (आदेशात्मक नियोजन) : इसमें समस्त आर्थिक क्रिया और साधन राज्य के आदेशानुसार ही करते हैं। उत्पादन के समस्त साधनों पर राज्य का पूर्ण नियंत्रण होता है। उत्पादन एवं वितरण पर सरकार का नियंत्रण होता है। ऐसे में नियोजन उपभोक्ता की स्वतंत्रता समाप्त हो जाती है। उपभोक्ताओं को राशनिंग तथा कीमत नियंत्रण से वस्तुएँ निश्चित मात्रा में ही प्राप्त होती हैं, उत्पादन का आधार सरकार का नियंत्रण ही होता है।

Imperfect Competition (अपूर्ण प्रतियोगिता) : यह पूर्ण प्रतियोगिता एवं एकाधिकार की चरण सीमाओं की स्थिति होती है, वास्तविक जीवन में अपूर्ण प्रतियोगिता पाई जाती है। अपूर्ण प्रतियोगिता की स्थिति में विक्रेताओं की संख्या अधिक न होकर सीमित होती है तथा उनकी वस्तुओं के रंग–रूप, गुण–आकार आदि को लेकर विभिन्नता पाई जाती है। जैसे—पेप्सोडेंट, कोलगेट, फोरहंस आदि।

Incidence of Tax (करापात) : कर को अंतिम रूप से अदा करनेवाले व्यक्ति पर पड़ा कर का भार, जो इस भार को अन्य किसी व्यक्ति पर अंतरित करने में असमर्थ होता है।

Income Effect (आय प्रभाव) : वस्तुओं की कीमत यथा स्थिर रहती

है और आय में परिवर्तन के परिणामस्वरूप माँगी जानेवाली मात्रा में होनेवाले परिवर्तन को 'आय प्रभाव' कहते हैं। सूल्ज में इसे ही अप्रत्यक्ष प्रभाव कहा। जो रेखा आय प्रभाव को दिखाती है, उसे 'आय प्रभाव' कहते हैं।

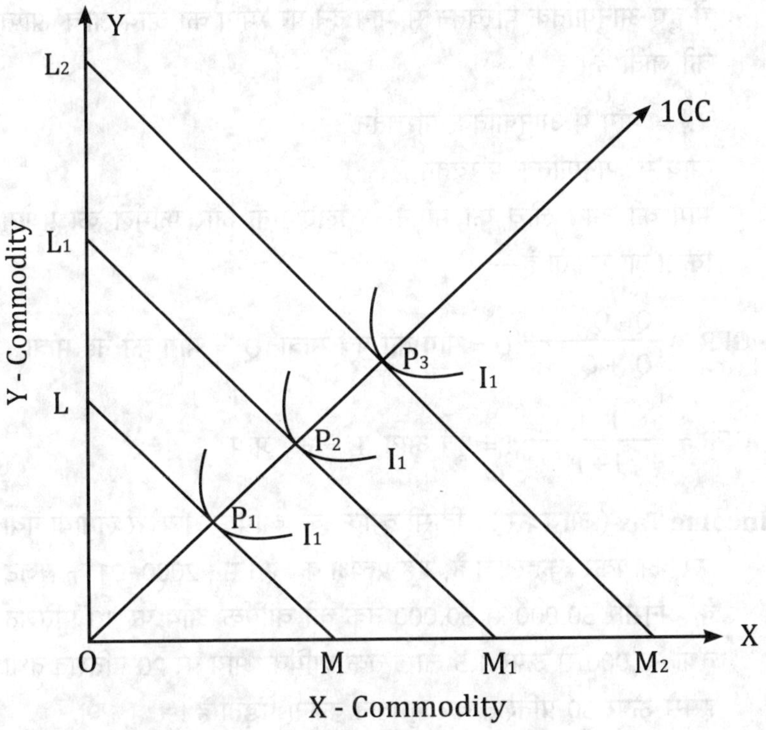

उदाहरणार्थ—माना कि दो वस्तुएँ X तथा Y की कीमतें दी हुई हैं तथा वे स्थिर हैं, जैसे-जैसे उपभोक्ता की आय में वृद्धि होती है, वैसे-वैसे कीमत रेखा LM अपने आप को समानांतर रखते हुए दाईं ओर खिसकती जाती है, जैसा कि चित्र LM रेखा की स्थिति L_1M_1 तथा L_2M_2 हो जाती है। कीमत रेखाओं LM, L_1M_1 तथा L_2M_2 के संदर्भ में उपभोक्ता के संतुलन की स्थितियाँ क्रमशः P_1 P_2 तथा P_3 बिंदु मानते हैं। उपभोक्ता संतुलन के इन बिंदुओं को मिलाने से जो रेखा बनती है, उसे हिक्स तथा

अन्य अर्थशास्त्री 'आय प्रभाव रेखा' अथवा 'आय उपभोग रेखा' (ICC) कहते हैं।

Income Elasticity of Demand (माँग की आय लोच) : यदि कीमत तथा अन्य बातें समान रहें तो माँग में हुए आनुपातिक परिवर्तन को आय में हुए आनुपातिक परिवर्तन से भाग देने पर 'माँग की आय लोच' प्राप्त की जाती है।

L_1 = माँग में आनुपातिक परिवर्तन
आय में आनुपातिक परिवर्तन

माँग की आय लोच को मापने के लिए एक और फॉर्मूले का प्रयोग किया जा सकता है—

$$GFR = \frac{Q - Q_1}{Q + Q_1}$$ Q = माँग की पूर्व मात्रा, Q_1 = माँग की नई मात्रा

$$GFR = \frac{I - I_1}{I + I_1}$$ I = पूर्व आय, I_1 = नई आय

Income Tax (आयकर) : किसी व्यक्ति की वार्षिक आय पर लगाया गया कर 'आयकर' कहलाता है, यह प्रत्यक्ष कर है। सन् 2000–01 के बजट के अनुसार 50,000 से 60,000 तक की वार्षिक आय पर 10 प्रतिशत तथा 60,000 से ऊपर 1.5 लाख तक वार्षिक आय पर 20 प्रतिशत तथा इससे ऊपर 30 प्रतिशत कर भुगतान करना पड़ता है।

Increment Capital Output Ratio-ICOR (वृद्धिमान पूँजी निर्गत) : अर्थव्यवस्था में पूँजी की एक अतिरिक्त इकाई प्राप्त करने के लिए पूँजी की जितनी अतिरिक्त इकाइयों की आवश्यकता होती है, उसे 'वृद्धिमान पूँजी निर्गत अनुपात' अथवा 'वृद्धिमान पूँजी उत्पाद अनुपात' कहा जाता है। ICOR का अधिक होना यह बताता है कि उत्पादन की एक अतिरिक्त इकाई की प्राप्ति के लिए ज्यादा पूँजी की आवश्यकता है। दूसरी तरफ प्रति इकाई उत्पादन के लिए आवश्यक पूँजी की मात्रा की पूँजी उत्पाद

अनुपात है। उत्पादन प्रक्रिया के दौरान पूँजी स्टॉक में हुई घिसावट और कुल उत्पादन का अनुपात ही 'औसत पूँजी उत्पाद अनुपात' कहलाता है।

Index Number (सूचकांक) : किसी वस्तु या मद के मूल्यों में एक आधार वर्ष या अन्य अवधि की तुलना में हुए प्रतिशत परिवर्तन को दरशानेवाला अंक 'सूचकांक' कहलाता है। जैसे—उपभोक्ता मूल्य सूचकांक, थोक मूल्य सूचकांक, शेयर सूचकांक आदि।

Indicative Planning (सांकेतिक नियोजन) : इसमें सरकार आदेश के बजाय अनुमान से काम करती है, इसमें निजी क्षेत्रों की योजना के लक्ष्यों तथा प्राथमिकताओं की पूर्ति के लिए कोई आदेश नहीं दिए जाते हैं, बल्कि दरें नियंत्रित रखी जाती है। इसमें निजी क्षेत्र के साथ अनुनेय की नीति अपनानी पड़ती है, क्योंकि निजी क्षेत्र पर सरकारी नियंत्रण तो नहीं होगा, किंतु योजनाओं को सफल बनाने में सहयोग करेगा। सरकार निजी क्षेत्र को बिना आदेश दिए ही हर प्रकार की सुविधाएँ प्रदान करती है और यह संकेत के आधार पर करती है। यह नियोजन फ्रांस की विशिष्टता है, जो अन्य मिश्रित अर्थव्यवस्था में प्रचलित योजनाओं से भिन्न है।

Indigenous Banking (देशी बैंक व्यवस्था) : भारत में देशी बैंक व्यवस्था के अंतर्गत सर्राफ, सेठ, साहूकार, महाजन, शेट्टी आदि को सम्मिलित किया जाता है, जो रुपया उधार देते हैं तथा हुंडियों अथवा आंतरिक विनिमय पत्रों द्वारा वित्त प्रबंध करते हैं, देशी बैंकर अपने मित्रों तथा संबंधियों से जमा भी स्वीकार करते हैं, ये रिजर्व बैंक के प्रत्यक्ष नियंत्रण में नहीं होते। देशी बैंकरों के कार्यों को दो भागों में बाँटा जा सकता है—

1. बैंकिंग कार्य—देशी बैंकरों की उधार देने की विधियाँ इस तरह से हैं—प्रतिज्ञा-पत्र के आधार पर ऋण, रसीदों के आधार पर ऋण, दस्तावेज के आधार पर ऋण, टिकट बही, किस्त प्रणाली, गिरवी आदि के आधार पर ऋण देना।

2. गैर-बैंकिग कार्य—गैर बैंकिग कार्य इस प्रकार हैं जैसे—दुकानदारी, फर्मों के एजेंट के रूप में कार्य करना आदि।

Indirect Tax (अप्रत्यक्ष कर) : यह एक ऐसा कर है, जो लगाया गया किसी और पर और भुगतान किसी और को करना पड़ता है, इसमें तात्कालिक भुगतान को कोई एक व्यक्ति करता है, परंतु वह व्यक्ति उसे दूसरे पर हस्तांतरित कर देता है। जैसे—उत्पाद कर, बिक्री कर आदि।

Industrial Credit and Investment Corporation of India (भारतीय औद्योगिक तथा निवेश निगम) : इसकी स्थापना भारतीय कंपनी अधिनियम के अंतर्गत सीमित दायित्ववाली कंपनी के रूप में निजी क्षेत्र में लघु तथा मध्यम उद्योगों के विकास के लिए की गई थी। स्थापना के समय इसकी पूँजी 60 करोड़ तथा प्रदत्त पूँजी 22 करोड़ थी, जो भारतीय बैंकों, संयुक्त राज्य अमेरिका के लोगों, बीमा कंपनियों एवं निगमों, ब्रिटिश ईस्टर्न एक्सचेंज बैंकों द्वारा और अन्य कंपनियों तथा भारत की सामान्य जनता द्वारा प्राप्त हुई थी। इसकी स्थापना जनवरी 1955 में विश्व बैंक तथा संयुक्त राज्य अमेरिका के सुझाव एवं सहयोग से की गई है। यह निगम ऋणपत्रों के आधार पर औद्योगिक इकाइयों की स्थापना तथा विकास तथा वर्तमान इकाइयों का विस्तार तथा आधुनिकीकरण और उनमें उत्पादन बढ़ाने हेतु तकनीकी एवं प्रबंधकीय सहायता प्रदान करता है। यह निजी क्षेत्र के औद्योगिक क्षेत्रों के अंशों में अभिदान करता है, उनके अंशों एवं ऋणपत्रों का अंतरलेखन करता है, बॉण्डों तथा ऋणपत्रों को खरीदता है, साथ ही विदेशों से मशीन आदि के आयात के लिए विदेशी मुद्रा के रूप में भी ऋण प्रदान करता है। सन् 1973 के बाद से निगम ने विदेशी मुद्रा में ऋण प्राप्त करने के लिए अंतरराष्ट्रीय पूँजी बाजार में प्रवेश किया है।

Industrial Development Bank of India (भारतीय औद्योगिक विकास बैंक) : देश में औद्योगिक विकास की वित्तीय आवश्यकताओं

को पूरा करने के लिए जुलाई 1964 में इसकी स्थापना की गई। इसकी स्थापना भारतीय रिजर्व बैंक की एक सहायक संस्था के रूप में की गई थी। किंतु सन् 1946 में इसे रिजर्व बैंक से अलग करके भारत सरकार ने अपने अधीन कर लिया। यह बैंक अन्य उद्योग के साथ-साथ आधारभूत उद्योगों, जैसे—इस्पात, उर्वरक, पेट्रो, रसायन आदि के लिए भी वित्त प्रदान करता है। इसके प्रमुख कार्यों में औद्योगिक इकाइयों को दीर्घकालीन ऋण देना, उसके ऋणपत्रों को खरीदना, पूँजी बाजार से लिये गए ऋणों की गारंटी देना, उसके शेयरों में प्रत्यक्ष अभिदान करना। औद्योगिक प्रतिष्ठानों के परिवर्तन को प्रोत्साहन देने हेतु निवेश तथा विपन्न संबंधी जाँच करना आदि हैं। इसे नए उद्योगों की स्थापना के लिए विशेष रूप से वित्त उपलब्ध कराने का भार भी सौंपा गया।

Infant Industries (शिशु उद्योग) : नए स्थापित उद्योग, जो अपना विकास करने में स्वयं सक्षम नहीं होते और प्रतियोगिता में नहीं टिक पाते, फलतः उन्हें संरक्षण की आवश्यकता होती है।

Infant Mortality Rate-IMR (शिशु मृत्यु दर) : किसी जनसंख्या में दी गई अवधि में प्रति हजार जन्म लेनेवाले शिशुओं में से एक वर्ष के भीतर मर जानेवाली संख्या 'शिशु मृत्यु दर' कहलाती है।

Inflation (मुद्रास्फीति) : जब आय उपार्जन से आय अधिक हो अथवा उत्पादन की तुलना में आय अधिक हो तो मुद्रा का मूल्य घटने लगता है। दूसरे शब्दों में इस प्रकार व्यक्त कर सकते हैं—कीमतों में लगातार वृद्धि की प्रवृत्ति, जिसे रोकना कठिन हो, फलतः मुद्रा की क्रय-शक्ति घटती है, उसे ही 'मुद्रास्फीति' कहते हैं।

Inflationary Gap (स्फीतिक अंतर) : स्फीतिक अंतर की अवधारणा Prof. Keynes की है। सर्वप्रथम सन् 1919 में इंग्लैंड में चांसलर ऑफ एक्सचेकर ने इसका जिक्र अपने भाषण में किया था। केंज ने मुद्रास्फीति की व्याख्या करने के लिए अपने स्फीतिक अंतर के सिद्धांत का प्रतिपादन

किया है, जब किसी देश में मुद्रा की मात्रा बढ़ती है, तब लोगों की मौद्रिक आय भी बढ़ती है। फलस्वरूप लोगों का व्यय भी बढ़ जाता है।

Informal Sector (अनौपचारिक क्षेत्रक) : विकासशील अर्थव्यवस्था में बहुतायत में लोग छोटे-मोटे एवं प्रधान स्वरोजगार में संलग्न होते हैं। अर्थव्यवस्था के इस क्षेत्रक को 'अनौपचारिक क्षेत्रक' कहते हैं। जैसे—दरजी, धोबी, मोटर मैकेनिक आदि।

Innovation (नवप्रवर्तन) : किसी देश की पारंपरिक अर्थव्यवस्था में परिवर्तन लाकर विश्वस्तरीय नई तकनीक का प्रयोग करना 'नवप्रवर्तन' कहलाता है।

Intangible Assets (अमूर्त संपत्तियाँ) : इन संपत्तियों का भौतिक अस्तित्व नहीं होता, अर्थात् इनका आंतरिक मूल्य कुछ नहीं होता, किंतु इनका मूल्य स्वामित्व एवं कब्जे (Ownership and Possession) के द्वारा प्रदत्त अधिकारों से प्राप्त किया जाता है, उदाहरण के लिए पेटेंट, व्यापारिक चिह्न, कॉपीराइट इत्यादि।

Interest (ब्याज) : ब्याज पूँजी या ऋण के प्रयोग के लिए पुरस्कार है। एक ऋणी द्वारा पूँजी या ऋण के प्रयोग के लिए ऋणदाता को जो भुगतान दिया जाता है, उसे ही 'ब्याज' कहते हैं। प्राचीन काल में ब्याज को पूर्णतः अच्छी नजर से नहीं देखा जाता था। मध्यकाल में धर्मशास्त्रियों ने ब्याज की क्रिया को ब्याजखोरी की संज्ञा देकर बुराई की। वास्तव में मनुष्य पूँजी का निवेश आय प्राप्त करने के लिए करता है और वह आय ही ब्याज है।

International Cartels (अंतरराष्ट्रीय संघ) : इसका अभिप्राय उत्पादकों के ऐसे संगठन से है, जिसका निर्माण एक से अधिक देशों द्वारा किया गया हो। संघ का उद्‌देश्य उत्पादन एवं कीमत पर एकाकी नियोजित नियंत्रण रखना तथा बाजारों को विभिन्न उत्पादक देशों के बीच वितरित करना होता है।

International Development Association (अंतरराष्ट्रीय विकास संघ) : इसकी स्थापना 26 सितंबर, 1960 को की गई थी। इसका मुख्य उद्‌देश्य अल्पविकसित सदस्य देशों को परिवहन, बिजली, संचार, सिंचाई तथा बाढ़ नियंत्रण आदि के लिए ऋण प्रदान करना है। संघ सदस्य देशों को मकान निर्माण, पीने के पानी की पूर्ति, स्वास्थ्य तथा चिकित्सा से संबंधित योजनाओं के लिए ऋण प्रदान करना है, इसे संक्षेप में हम यह कह सकते हैं कि इसका मुख्य उद्‌देश्य विश्व बैंक के पूरक के रूप में कार्य करते हुए सदस्य देशों के आर्थिक विकास हेतु सस्ते एवं दीर्घकालीन ऋण प्रदान करना है।

International Finance Corporation (अंतरराष्ट्रीय वित्त निगम) : यह विश्व बैंक की संबद्ध संस्था है, जिसकी स्थापना 20 जुलाई, 1956 को की गई थी। इसके मुख्य उद्‌देश्य—देश की सरकार अथवा केंद्रीय बैंक की गारंटी पर निजी उपक्रमों (Private Enterprises) को ऋण देना था।

International Trade (अंतरराष्ट्रीय व्यापार) : जब दो या दो से अधिक देशों के बीच व्यापार किया जाता है, तब उसे 'अंतरराष्ट्रीय व्यापार' कहते हैं। उदाहरण—भारत और चीन के बीच होनेवाला व्यापार अंतरराष्ट्रीय व्यापार कहा जाएगा। दो देशों के बीच श्रम-विभाजन तथा विशेषज्ञता के कारण व्यापार होता है।

Investment (विनियोग या निवेश) : केंजियन अर्थ में निवेश वर्तमान बॉण्ड्स, ऋणपत्रों अथवा प्रतिभूतियों को व्यक्त नहीं करता, ऐसी खरीद को वित्तीय निवेश तो कह सकते हैं, किंतु वास्तविक निवेश नहीं। अर्थशास्त्र में निवेश केवल नई पूँजीगत वस्तुओं को खरीदने से संबंध रखते हैं। वर्तमान प्रतिभूतियों, बॉण्ड्स व शेयरों, मौजूदा पूँजी या भूमि को खरीदना निवेश नहीं होता, क्योंकि यह कार्य अर्थव्यवस्था के पूँजी स्टॉक में कोई वृद्धि नहीं करता। अर्थशास्त्र की दृष्टि से ऐसी खरीद केवल हस्तांतरण को बनाती है। पूँजीगत वस्तुओं या संपत्तियों के अंतर्गत मशीन तथा यंत्र—कारखाने, स्टॉक या इन्वेंट्री आदि शामिल होते हैं।

ये पूँजीगत वस्तुएँ उत्पादन प्रक्रिया में और अधिक वस्तुओं के उत्पादन में प्रयोग की जाती हैं अर्थात् वास्तविक निवेश से तात्पर्य वर्तमान पूँजी परिसंपत्तियों की मात्रा में वृद्धि करना है ताकि उसकी सहायता से अधिक श्रमिकों को रोजगार दिया जा सके।

Investment Credit (निवेश साख) : व्यवसायियों द्वारा लिये गए दीर्घकालीन ऋणों को 'निवेश साख' कहते हैं। जैसे—मान लीजिए, व्यवसायी को भूमि तथा मशीनें आदि खरीदने के लिए दीर्घकालीन ऋणों की आवश्यकता होती है, इसे कभी-कभार लोग 'औद्योगिक शाखा' भी कहते हैं।

Issued Capital (जारी पूँजी) : यह कोई जरूरी नहीं है कि कोई बैंक अपनी समुचित अधिकृत पूँजी के मूल्य के बराबर ही शेयर्स बेचे। अधिकृत पूँजी का वह भाग, जो वास्तव में बेचने के लिए जारी किए जाते हैं, उसे 'जारी पूँजी' कहते हैं और हाँ, यदि बैंक पूरी अधिकृत पूँजी के मूल्य के बराबर शेयर्स जारी करता है तो ऐसी परिस्थिति में बैंकर की अधिकृत पूँजी तथा जारी पूँजी बराबर हो जाएगी।

□

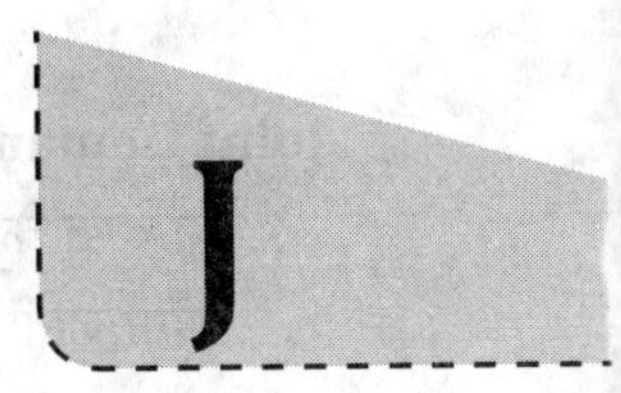

Jacobson Plan (जैकबसन योजना) : अंतरराष्ट्रीय मुद्राकोष (IMF) के भूतपूर्व प्रबंध संचालक जेकबसन ने एक योजना प्रस्तुत की, जिसके अनुसार पर्याप्त अतिरेकवाले देशों के पास तैयार कोष रखने का प्रावधान है, जिसका उपयोग घाटेवाले देशों के लिए तुरंत किया जा सके। इस प्रकार अंतरराष्ट्रीय युद्धकोष के अतिरिक्त विश्व की प्रमुख मुद्राओं का एक कोष रखकर इन पर होनेवाले दबाव को कम किया जा सकता है। इस योजना के अनुसार घाटेवाले देशों के लिए इस कोष का उपयोग करने का प्रस्ताव है। सैद्धांतिक रूप से यह योजना बड़े देशों ने स्वीकार कर लिया है।

J-Curve Effect ('J' वक्र प्रभाव) : किसी भी मुद्रा के अवमूल्यन के तत्काल बाद की अवधि में एक देश को भुगतान संतुलन में घाटे की प्राप्ति हो सकती है, परंतु धीरे-धीरे यह घाटा समाप्त हो जाता है और चालू खाते में अतिरेक उत्पन्न हो जाता है। यदि इस घटना को ग्राफ पर दरशाए; जिसमें क्षैतिज अक्ष पर समय और लंबवत् अक्ष पर व्यापार शेष को दरशाया गया हो तो चालू खाते का वक्र 'J' आकार प्राप्त होता है, इसलिए इस घटना को यह नाम दिया गया।

Jobber (जोबर) : स्टॉक एक्सचेंज में शेयरों के व्यापार के लिए निर्धारित स्थान पर शेयरों की खरीद-बिक्री करनेवाला व्यक्ति जिसे 'तरावनीवाला' या 'बाजार निर्माता' भी कहते हैं, वह शेयरों के खरीद मूल्य तथा बिक्री मूल्य दोनों में मामूली अंतर पर कार्य करता है।

Joint Demand (संयुक्त माँग) : आवश्यकता की पूर्ति के उद्देश्य से या वस्तु के उत्पादन के लिए जब दो या दो से अधिक वस्तुएँ एक साथ माँगी जाती हैं तो उनकी माँग को 'संयुक्त माँग' कहते हैं। उदाहरणार्थ—मोटरगाड़ी के साथ-साथ पेट्रोल की माँग, रोशनी की आवश्यकता की पूर्ति के लिए लालटेन के साथ-साथ तेल की माँग इत्यादि।

Joint Sector (संयुक्त क्षेत्र) : निजी क्षेत्र + सार्वजनिक क्षेत्र का मिला-जुला उपक्रम।

Joint Stock Company Managment (संयुक्त पूँजी कंपनी प्रबंध) : इस श्रेणी में वैसे उपक्रम शामिल किए जाते हैं, जिनकी व्यवस्था संयुक्त पूँजी कंपनी के आधार पर निर्मित कंपनियों द्वारा की जाती है। जैसे—स्टील अॅथॉरिटी ऑफ इंडिया लि. (SAIL), भारी इंजीनियरिंग निगम लिमिटेड (HECL), सिंदरी फर्टिलाइजर्स एंड केमिकल्स लिमिटेड आदि।

Joint Supply or Joint Cost (संयुक्त पूर्ति या संयुक्त लागत) : जब दो या दो से अधिक वस्तुएँ एक ही साथ, एक ही उत्पादन प्रक्रिया में स्वतः प्राप्त होती हैं तो ऐसी स्थिति को 'संयुक्त पूर्ति' या 'संयुक्त लागत' कहते हैं, ध्यान रहे, संयुक्त लागतों के अंतर्गत जो वस्तुएँ उत्पादित होती हैं, उन्हें प्रायः संयुक्त वस्तुएँ कहा जाता है, जैसे—जब कपास को ओटा जाता है तो सूत के रेशे के साथ बिनौले स्वतः ही प्राप्त होते हैं (रुई तथा बिनौले)। इसी प्रकार जब भेड़ को काटा जाता है तो गोश्त के साथ-साथ ऊन स्वतः ही प्राप्त हो जाती है। जब पेट्रोल का शोधन किया जाता है तो गेसोलीन, मिट्टी का तेल (Kerosene) आदि स्वतः ही प्राप्त हो जाता है।

□

Kerb Trading (कर्ब ट्रेडिंग) : स्टॉक एक्सचेंज के बाहर या एक्सचेंज के विनिमय के 2.5 घंटे के निर्धारित कार्यकाल के बाद दलालों के बीच संपन्न होनेवाले शेयरों का लेन-देन, जिसकी सूचना स्टॉक एक्सचेंज के अधिकारियों को नहीं दी जाती, उसे ही 'कर्ब ट्रेडिंग' कहते हैं।

□

Laffer Curve (लाफर वक्र) : आर्ट लाफर द्वारा प्रतिपादित तथा अमेरिकी जर्नलिस्ट जूड वैन्निस्की द्वारा बहुप्रचलित लाफर वक्र उस स्थिति की व्याख्या करता है, जब यह मानकर चला जाता है कि यदि करारोपण की दरों को कम कर दिया जाए तो सरकार को प्राप्त होनेवाले राजस्व में वृद्धि होगी। लेकिन यह वृद्धि एक सीमा तक ही होगी। करों की दरों में इस सीमा से अधिक कमी आएगी। पूर्व में इसी अवधारणा को अमेरिकी राष्ट्रपति रोनाल्ड रीगन तथा ब्रिटिश प्रधानमंत्री मारग्रेट थैचर अपना चुके हैं, लेकिन उन्हें सफलता प्राप्त नहीं हुई थी।

Laissez Faire (अहस्तक्षेप नीति) : अहस्तक्षेप नीति का तात्पर्य होता है, सरकार के हस्तक्षेप को कम करना अर्थात् स्वतंत्र व्यापार नीति का अनुपालन। दूसरे शब्दों में ऐसे कह सकते हैं—ऐसी स्थिति, जिसमें निजी आर्थिक गतिविधियों में किसी प्रकार का सरकारी हस्तक्षेप नहीं होता अथवा कम होता है।

Law of Demand (माँग का नियम) : यदि अन्य बातें समान रहें तो वस्तु की कीमत घटने पर माँग बढ़ती है और कीमत बढ़ने पर माँग घटती है। उसे ही हम 'माँग का नियम' कहते हैं। उदाहरणार्थ—

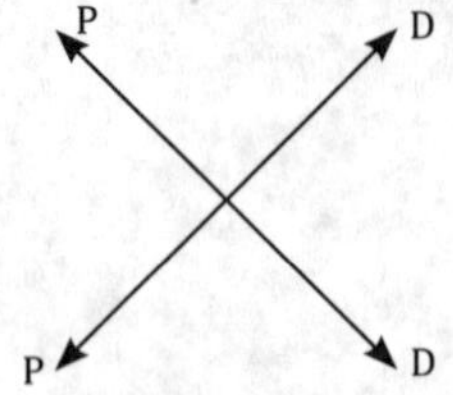

Lay Off (ले ऑफ) : माँग में कमी होने के कारण उत्पादन में कमी आ जाती है। जिस कारण औद्योगिक इकाई से कर्मचारियों को सेवा से पृथक् करना, जो कि छँटनी से भिन्न होता है, उसे 'ले ऑफ' कहते हैं।

Lead Bank Scheme (अग्रणी बैंक योजना) : इसका प्रारंभ गाडगिल अध्ययन दल और नरीमन समिति की सिफारिशों को ध्यान में रखकर रिजर्व बैंक ऑफ इंडिया द्वारा सन् 1969 में जिलों की अर्थव्यवस्था सुधारने के लिए किया गया था। इसके अंतर्गत प्रत्येक जिले के लिए एक बैंक को लीड बैंक घोषित किया जाता है। यह बैंक जिला स्तर पर ऋणों की योजना बनाने, विशिष्ट कार्यक्रमों में अन्य बैंकों का सहयोग लेने तथा निश्चित कार्यक्रमों के लिए ऋण जुटाने में सभी वित्तीय संस्थाओं में समन्वय कायम करने का प्रस्ताव है।

Legal Tender Money (विधि ग्राह्य मुद्रा) : यह वह मुद्रा होती है, जिसे भुगतान के साधन के रूप में जनता एवं सरकार दोनों स्वीकार करने से इनकार नहीं कर सकते। कोई भी व्यक्ति भुगतान के रूप में इसे अस्वीकार नहीं कर सकता, यदि अस्वीकार करता है तो यह कानूनी जुर्म है।

L.T.M. दो प्रकार के होते हैं—

1. Limited Legal Tender (सीमित वैद्य मुद्रा) : यह वह मुद्रा है, जिसको किसी एक निश्चित सीमा के ऊपर स्वीकार करने के लिए किसी व्यक्ति को विवश नहीं किया जा सकता। सरकार इस प्रकार की मुद्रा को अनिवार्य स्वीकृति की सीमा कानून द्वारा निश्चित कर देते हैं। जैसे—भारत में 25 पैसे तक के सिक्के केवल 25 रु. तक ही विधि ग्राह्य हैं, यदि कोई व्यक्ति किसी को 25 रु. से अधिक रेजगारी देता है तो वह अस्वीकार कर सकता है, इसे ही हम 'सांकेतिक' या 'गौण मुद्रा' कहते हैं।
2. Unlimited Legal Tender (असीमित वैध मुद्रा) : See Unlimited Legal Tender

Letter of Credit (साख पत्र) : साख पत्र सामान्यत: एक बैंक द्वारा किसी अन्य व्यक्ति या व्यक्तियों के नाम लिखा गया एक पत्र होता है, जिस पत्र में निर्दिष्ट व्यक्ति द्वारा जारी किए गए चेकों या उसके द्वारा अस्वीकार किए गए विनिमय बिलों के भुगतान की गारंटी प्रदान की जाती है। इस प्रकार के साख-पत्र निर्यात-आयात व्यापार में बहुत उपयोगी होते हैं।

Liberalisation (उदारीकरण) : उदारीकरण से तात्पर्य आर्थिक प्रतिबंधों में ढील लाने से है, निजी क्षेत्र के कार्य संचालन पर अनेक एवं कड़ी ढील लाने से है। निजी क्षेत्र के कार्य संचालन पर अनेक एवं कड़े प्रतिबंध लगे हुए होते हैं। जब उन प्रतिबंधों को हटा दिया जाता है या कम कर दिया जाता है, ताकि निवेश, उत्पादन बिक्री आदि के सिलसिले में निजी क्षेत्र अधिक स्वतंत्र रूप से कार्य कर सके।

Life Expectancy (जीवन प्रत्याशा) : किसी देश के लोगों के जीवित रहने की औसत अवधि को 'जीवन प्रत्याशा' कहते हैं।

Limited Company (लिमिटेड कंपनी) : ऐसी कंपनी, जिसका स्वामित्व अंशदाताओं के बीच बँटा हुआ हो और प्रत्येक अंशदाता का उत्तरदायित्व उसके अंश तक ही सीमित होता है।

Literacy Ratio (साक्षरता अनुपात) : किसी विशेष क्षेत्र के साक्षरों की संख्या को कुल जनसंख्या से विभाजित कर 100 से गुणा कर निकाला जाता है। जैसे— $LR = \frac{L}{R} \times 100$

L- साक्षरों की संख्या, P = कुल जनसंख्या = LR = साक्षरता अनुपात साक्षरता का अभिप्राय: पढ़ाई-लिखाई की क्षमता से लगाया जाता है। साक्षरता का अनुपात क्षेत्र, लिंग और आयु के आधार पर भी ज्ञात किया जा सकता है।

Lock Out (तालाबंदी) : जब सेवा नियोजकों द्वारा किसी फैक्ट्री में तालाबंदी कर दी जाए ताकि कर्मचारियों से उनके द्वारा निर्धारित शर्तों को मनवाया जा सके, 'तालाबंदी' कहलाता है। हम इसे दूसरे शब्दों में यह

कह सकते हैं कि श्रमिक असंतोष या अन्य परेशानियों के कारण उद्यमी द्वारा औद्योगिक इकाई या अन्य उद्यम को बंद कर देना, जिसका मुख्य उद्देश्य श्रमिकों को अपनी शर्तें मानने के लिए दबाव डालना होता है।

Logistic Curve (लॉजिस्टिक वक्र रेखा) : अमेरिका के प्रसिद्ध अर्थशास्त्री रे मॉण्ड पर्ल ने जो जनसंख्या वृद्धि से संबंधित खोज की, वह Logistic Curve के नाम से प्रसिद्ध है। पर्ल ने बताया कि जनसंख्या सदैव तीव्र गति से नहीं बढ़ती है। यदि इसे ग्राफ द्वारा स्पष्ट किया जाए तो अंग्रेजी के S की भाँति एक वक्र रेखा प्राप्त होगी। जिसे Logistic Curve कहते हैं। यह रेखा यह बतलाती है कि जनसंख्या पहले बहुत धीमी गति से बढ़ती है, उसके बाद तीव्र गति से बढ़ती है और अंत में या तो स्थिर हो जाती है या गिरने लगती है, परंतु कम होने पर भी यह पहले से अधिक रहती है। यह क्रम सदैव चलता रहता है। कुल मिलाकर जनसंख्या की प्रवृत्ति बढ़ने की ही रहती है।

London Inter Bank Offer Rate-LIBOR (लंदन इंटर बैंक ऑफर रेट) : यूरोपीय करेंसी बाजार में प्रचलित वह दर, जिस पर किसी विशेष मुद्रा को उधार लिया जा सकता है।

Look-East-Policy (पूर्व की ओर देखो नीति) : भारत की संयुक्त मोर्चा सरकार ने एशियाई देशों, विशेषतः पूर्वी तथा दक्षिणी-पूर्वी एशियाई देशों के साथ राजनीति, सामाजिक, आर्थिक तथा सांस्कृतिक स्तर पर पारस्परिक संबंधों को और अधिक घनिष्ठ बनाने के लिए 'पूर्व की ओर देखो नीति' का अनुपालन करने का निर्णय लिया है, इस नीति के प्रणेता भूतपूर्व माननीय प्रधानमंत्री इंद्रकुमार गुजराल हैं, उनके अनुसार इस नीति का मुख्य उद्देश्य इंडोनेशिया, थाईलैंड, ब्रुनेई, मलेशिया, वियतनाम, सिंगापुर एवं फिलीपींस सहित पूर्वी एवं दक्षिण-पूर्वी एशियाई देशों के साथ अपने विदेशी व्यापार को बढ़ाना तथा अंतरराष्ट्रीय राजनीतिक मंच पर विश्वस्त सहयोग प्रदान करना है।

□

Marginal Land (सीमांत भूमि) : किसी समय विशेष पर जोती जानेवाली भूमियों में से सबसे निम्न कोटि की भूमि को 'सीमांत भूमि' (Inferiormost Land) कहते हैं तथा इस श्रेष्ठ भूमियों को 'पूर्व सीमांत भूमि' (Inframarginal) कहते हैं। सीमांत भूमि पर लगान नहीं लगता। बाजार में वस्तु की कीमत सीमांत भूमि की औसत लागत के बराबर होगी। इसीलिए सीमांत भूमि को कोई 'बचत' (Surplus) प्राप्त नहीं होती है।

Marginal Productivity (सीमांत उत्पादकता) : उत्पादन के किसी साधन की एक अतिरिक्त इकाई के उपयोग से संपूर्ण उत्पादन में होनेवाली वृद्धि 'सीमांत उत्पादकता' कहलाती है। इसे निम्न उदाहरणार्थ से स्पष्ट किया जा सकता है—

Units	T.P	M.P
1	10	10
2	25	15
3	47	22
4	77	30
5	112	35

Marginal Revenue (सीमांत लागत) : एक अतिरिक्त इकाई (Additional Unit) के उत्पादन से कुल लागत में जो वृद्धि होती है, उसे 'सीमांत लागत' कहते हैं। जैसे—मान लीजिए, इकाइयों की कुल

उत्पादन लागत 880 रु. है और 8 इकाइयों की कुल उत्पादन लागत 1030 रु. है तो सीमांत लागत=1030–880=150 रु. होगी।

नोट : यह स्थिर लागत से स्वतंत्र होती है।

Marginal Utility (सीमांत उपयोगिता) : वस्तु या सेवा की एक अतिरिक्त इकाई के उपभोग से संपूर्ण उपयोगिता में होनेवाली वृद्धि को Marginal Utility कहते हैं। जैसे—

Utility	M.U
1	4
2	3
3	2
4	1

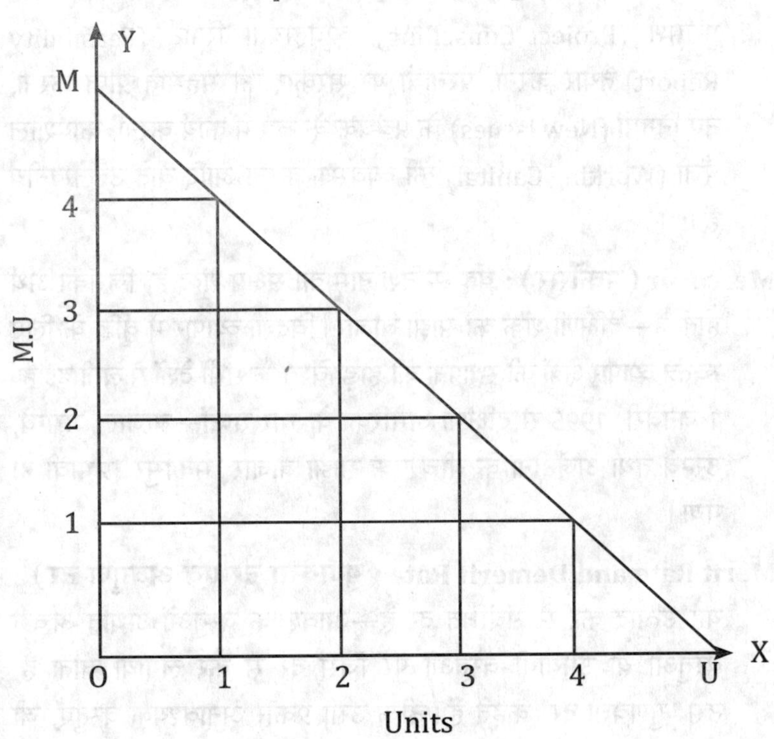

चूँकि यहाँ उपभोक्ता द्वारा उपभोग की गई वस्तु की अंतिम इकाई 4 है। जिससे प्राप्त उपयोगिता 1 है, यही सीमांत उपयोगिता है।

Market Economy (बाजार अर्थव्यवस्था) : ऐसी आर्थिक व्यवस्था, जिसमें अर्थव्यवस्था की केंद्रीय समस्याओं—क्या, कैसे और किसके द्वारा—का निर्णय पूर्ति और माँग की बाजार की शक्तियों के स्वतंत्र क्रियान्वयन के द्वारा होता है।

Mega Issue (वृहत् निर्गम) : जब कोई कंपनी बहुत बड़ी संख्या में शेयर या ऋणपत्र जारी करती है। जिनका मूल्य करोड़ों रुपए में हो।

Merchant Banking (मर्चेंट बैंकिंग) : व्यावसायिक बैंकों (वाणिज्यिक बैंकिंग) के अंतर्गत औद्योगिक तथा व्यापारिक संस्थाओं की विशिष्ट प्रकार की सेवाएँ उपलब्ध कराई जाती हैं। इसमें परियोजना संबंधी परामर्श (Project Conselling) व्यवहार्यता रिपोर्ट (Feasibility Report) तैयार करना, प्रस्तावों पर सरकार की सहमति प्राप्त करना, नए निगमों (New Issues) के प्रबंधक के रूप में कार्य करना, कार्यशील पूँजी (Working Capital) की व्यवस्था करना आदि बातें उल्लेखनीय हैं।

Mercosur (मर्कोसुर) : यह स्पेनिश नाम का संक्षेप शब्द है, जिसका अर्थ होता है—दक्षिणी शंकु का साझा बाजार। विदेशी व्यापार में वृद्धि के लिए स्वतंत्र व्यापार क्षेत्रों की स्थापना की होड़ विश्व के सभी देशों में लगी हुई है। 1 जनवरी, 1995 से दक्षिणी अमेरिका के चार राष्ट्रों—ब्राजील, पराग्वे, उरुग्वे तथा अर्जेंटीना के बीच एक साझा बाजार 'मर्कोसुर' प्रभावी हो गया।

Merit Rate and Demerit Rate (गुणवत्ता दर एवं अवगुण दर) : यह उत्पाद कर से संबंधित दर है—आवश्यक वस्तुओं अर्थात् अच्छी वस्तुओं या उपयोगी वस्तुओं पर जिस दर से कर लगाया जाता है, उसे 'गुणवत्ता दर' कहते हैं। ठीक उसी प्रकार अनावश्यक वस्तुएँ, जो

अनुपयोगी हैं, उसके उत्पादन पर जिस दर से कर लगाया जाता है, उसे 'अवगुण दर' कहते हैं।

Metallic Money (धातु मुद्रा) : यह वैसी मुद्रा है जो धातु की बनी होती है, जैसे—सोना, चाँदी इत्यादि।

Micro Economics (सूक्ष्म या व्यष्टि अर्थशास्त्र) : व्यष्टि अर्थशास्त्र आर्थिक विश्लेषण की वह शाखा है, जो विशिष्ट आर्थिक इकाइयों तथा अर्थव्यवस्था के छोटे-छोटे भागों का उनके व्यवहार तथा उनके पारस्परिक संबंधों का अध्ययन करती है। वास्तव में Micro का अर्थ छोटा होता है। यह छोटी इकाइयों अर्थात् व्यक्तिगत इकाइयों जैसे—एक फर्म, एक उद्योग, किसी एक वस्तु का मूल्य आदि का अध्ययन करता है। इसे 'कीमत तथा उत्पादन का सिद्धांत' (Theory of Pricing and Production) या 'कीमत सिद्धांत' (Price Theory) भी कहते हैं।

Micro Economics (व्यापक अर्थशास्त्र) : व्यापक अर्थशास्त्र संपूर्ण अर्थव्यवस्था का अध्ययन करता है या उन सभी इकाइयों का अध्ययन करता है, जिनका संबंध संपूर्ण अर्थव्यवस्था से होता है। उदाहरणार्थ—कुल बचत, कुल विनियोग, कुल राष्ट्रीय आय आदि। दूसरे रूप में हम यह कह सकते हैं कि "यह आर्थिक विश्लेषण की वह शाखा है, जो कि समस्त अर्थव्यवस्था का तथा अर्थव्यवस्था से संबंधित बड़े योगों की औसतों का, उनके व्यवहार का व उनके पारस्परिक संबंधों का अध्ययन करता है।"

Minimum Support Price (न्यूनतम समर्थन मूल्य) : वे कीमतें, जो अति उत्पादन की स्थिति में उपज के मूल्य को गिरने से रोकने के लिए सरकार द्वारा निश्चित की जाती हैं तथा इन कीमतों पर सरकार वस्तुओं को खरीदने के लिए प्रतिबद्ध होती है। बाजार मूल्य सरकार द्वारा घोषित न्यूनतम समर्थन मूल्य से नीचे नहीं हो सकता।

Mixed Economy (मिश्रित अर्थव्यवस्था) : जिस अर्थव्यवस्था में निजी

क्षेत्र व सार्वजनिक क्षेत्र का सह-अस्तित्व पाया जाता है, उसे हम 'मिश्रित अर्थव्यवस्था' कहते हैं।

Mobile Industries (गतिमान उद्योग) : यह वह उद्योग हैं, जो कुछ विशिष्ट स्थानीय आवश्यकताओं के लिए किसी विशिष्ट स्थान से जुड़े नहीं रहते। अतः इन उद्योगों को प्रभावी रूप से कहीं भी देखा जा सकता है। इसे 'स्वतंत्र उद्योग' भी कहते हैं।

Modvat (संशोधित मूल्य संवर्धन) : यह Modified Value Added Tax का लघु रूप है, जो पूर्व के प्रचलित शब्द Vat का ही संशोधित रूप है। Vat की शुरुआत सन् 1976 में लक्ष्मीकांत झा की अध्यक्षता में गठित समिति ने की थी। Vat का तात्पर्य होता है—जोड़े जानेवाले मूल्य पर कर। यह वह कर है, जो उत्पादन की प्रत्येक अवस्था पर मूल्य में होनेवाली वृद्धि के आधार पर लगाया जाता है।

Modvat सन् 1986 में प्रारंभ किया गया था। इसके अनुसार आगतों और मध्यवर्ती वस्तुओं पर कर समाप्त करके उसमें निर्मित अंतिम वस्तुओं (Final Goods) पर लगाया जाता है। इस प्रणाली से किसी वस्तु पर दुबारा या बार-बार उत्पादन कर लगाने की संभावना खत्म हो जाती है।

Monetary Policy (मौद्रिक नीति) : मौद्रिक नीति के अंतर्गत केंद्रीय बैंक द्वारा किए जानेवाले कार्य सम्मिलित किए जाते हैं। यह देश की आर्थिक नीति का एक भाग है, जो मुद्रा की मात्रा पर नियंत्रण करके मुद्रास्फीति को कम करने, राष्ट्रीय आय को बढ़ाने आदि का प्रयास करती है।

Money (मुद्रा) : 'मुद्रा' शब्द का व्यापक अर्थ में प्रयोग किया जाता है। मुद्रा में धातु सिक्के एवं कागजी मुद्रा तो शामिल होती ही है, परंतु इसके अतिरिक्त साख-पत्रों आदि को भी इसमें शामिल किया जाता है। इसमें चलार्थ मुद्रा भी शामिल होती है। मुद्रा का क्षेत्र चलार्थ (Currency) की तुलना में अधिक विस्तृत होता है। सभी चलार्थ तो मुद्रा होती ही हैं, परंतु सभी मुद्राओं को चलार्थ नहीं कहा जा सकता।

Money Cost (द्राव्यिक लागत) : साधारणत: किसी वस्तु के उत्पादन में विभिन्न उत्पत्ति के साधनों के प्रयोग के लिए जो उत्पादक द्रव्य लगा हो, उसे 'द्राव्यिक लागत' कहते हैं। जैसे—कच्चे माल का भुगतान, मशीनरी एवं साज-सज्जा, बिजली, बीमा, परिवहन, विज्ञापन आदि पर किया गया व्यय। ये सब मिलकर उत्पादक की 'मौद्रिक लागत' कहलाते हैं।

Money Illusion (मुद्रा भ्रम) : किसी वस्तु के वास्तविक मूल्य के बजाय मौद्रिक मूल्य से ही प्रतिक्रिया व्यक्त करना 'मुद्रा भ्रम' कहलाता है। जैसे—एक कलम का वास्तविक मूल्य उसकी उपयोगिता है, जिसे हम द्रव्य के रूप में मापकर निर्धारित करते हैं। परीक्षा हॉल में कलम की कितनी उपयोगिता है, वह उसका वास्तविक मूल्य है, किंतु 5 रु. में कलम की खरीद करना उसका भौतिक मूल्य है।

Money Market (मुद्रा बाजार) : ऐसा बाजार, जिसमें वित्तीय फार्म (मुद्रा) अल्पकाल के लिए उधार लिया एवं दिया जाता है। प्राय: उधार देनेवाले वाणिज्यिक बैंक होते हैं।

Mono Polistic Competition (एकाधिकारी या एकाधिकृत प्रतियोगिता) : यह अपूर्ण प्रतियोगिता की एक मुख्य किस्म (Leading Type) है, मोटे तौर पर अपूर्ण प्रतियोगिता तथा एकाधिकारी प्रतियोगिता प्राय: एक-दूसरे के लिए प्रयुक्त किए जाते हैं। प्रो. चेंबरलिन के मतानुसार एकाधिकारी प्रतियोगिता बाजार का वह रूप है, जिसमें बहुत सी छोटी फर्में होती हैं और उनमें से प्रत्येक फर्म मिलती-जुलती वस्तुएँ बेचती है, परंतु वस्तुओं में एकरूपता नहीं होती, थोड़ी भिन्नता जरूर होती है, इसमें एकाधिकारी तथा प्रतियोगिता का मिश्रण होता है। अत: इसे 'समूह संतुलन' (Group Equilibrium) भी कहा जाता है। वस्तु भिन्नता के कई कारण हो सकते हैं, उदाहरणस्वरूप वस्तु के गुण, ट्रेडमार्क, पैकिंग, डिजाइन, रंग आदि में अंतर होने के कारण अच्छा विक्रय स्थान (Locality), नम्र आचरण के साथ सेवा, बेचनेवाली सुंदर लड़कियाँ आदि के कारण।

Monopoly (एकाधिकार) : Mono तथा Poly. Mono का अर्थ होता है—एक (Single) और Poly का अर्थ होता है—बेचना (Selling), अतः यदि बाजार में किसी वस्तु का एक ही विक्रेता होता है तो उस स्थिति को 'एकाधिकार' कहते हैं। यह एकाधिकार का वर्णात्मक अर्थ (Literal Meaning) है, वस्तुतः अर्थशास्त्र में यदि किसी बाजार में किसी वस्तु का एक ही विक्रेता होता है और प्रतियोगिता का बाजार में पूर्ण अभाव होता है तो ऐसी स्थिति को 'विशुद्ध' अथवा 'निरपेक्ष एकाधिकार' कहा जाता है। वस्तु का कोई स्थानापन्न नहीं होता।

Monopoly Profit (एकाधिकारी लाभ) : जब लाभ एकाधिकार की स्थिति के कारण प्राप्त होते हैं तो उन्हें 'एकाधिकारी लाभ' कहा जाता है। पेटेंट, कॉपीराइट, कच्चे माल की अधिकांश पूर्ति पर अधिकार आदि एकाधिकरण के कारण हो सकते हैं।

1. M_1 = जनता के पास मुद्रा (करेंसी नोट व सिक्के) + बैंकों की माँग जमा (चालू तथा बचत खाता) + RBI के पास अन्य जमाराशियाँ।
2. $M_2 = M_1$ + डाकखानों की बचत जमा।
3. $M_3 = M_1$ + बैंकों की सावधि जमा।
4. $M_4 = M_1$ + डाकखानों की संपूर्ण जमा।

नोट : जैसे-जैसे हम M_1 से M_2, M_3, M_4 की ओर बढ़ते जाते हैं, मुद्रा की तरलता (माँग) घटती जाती है। M_3 को 'व्यापक मुद्रा' कहा जाता है, क्योंकि डाकखानों की तुलना में बैंकों में जमा राशि का ज्यादा प्रयोग किया जाता है, खासकर विकसित देशों में तो और भी ज्यादा।

Monopsony (एक क्रेताधिकार) : बाजार की वह स्थिति 'एक क्रेताधिकार' कहलाती है, जिसमें किसी वस्तु अथवा सेवा का केवल एक ही क्रेता (परंतु अनेक विक्रेता) होता है। इसलिए यह मूल्य पर प्रबल प्रभाव रखता है।

Moratorium (ऋण शोधस्थगन काल) : उस अवधि को ऋण शोधस्थगन काल कहते हैं, जिसमें कानून द्वारा ऋणों का भुगतान टाल दिया जाता है।

Morbidity (अस्वस्थता) : किसी देश की जनसंख्या में बीमारी या रुग्णता का विस्तार ही 'अस्वस्थता' है।

Multinational Corporation (बहुराष्ट्रीय निगम) : एक ऐसी कंपनी, जिसके कार्य क्षेत्र का विस्तार एक से अधिक देशों में होता है और जिसका उत्पादन एवं सेवा-सुविधाएँ उस देश से बाहर भी संपन्न होती हैं, जिससे यह जन्म लेती है, को 'अंतरराष्ट्रीय कंपनी' या 'बहुराष्ट्रीय निगम' कहा जाता है। ऐसी कंपनियों की महत्त्वपूर्ण विशिष्टता यह है कि इनके प्रमुख कारण इनके निर्णय बहुधा उस देश की नीतियों से बेमेल हो जाते हैं, जिनमें यह कंपनी कार्य कर रही होती है।

Multinational Corporation (बहुराष्ट्रीय निगम) : जिस कंपनी का कार्य क्षेत्र का विस्तार एक से अधिक देशों में होता है और जिसका उत्पादन एवं सेवा-सुविधाएँ उस देश से बाहर भी होती हैं, ऐसी कंपनियों की महत्त्वपूर्ण विशेषता यह है कि इनके प्रमुख निर्णय पूरे विश्व के संदर्भ में एक साथ लिये जाते हैं। जिसके कारण इनके निर्णय बहुधा उस देश की नीतियों से बेमेल हो जाते हैं, जिनमें यह कंपनी कार्य कर रही होती है।

Multiplier (गुणक) : निवेश में की गई वृद्धि उपभोग प्रवृत्ति के माध्यम से आय में बहुगुणा वृद्धि करती है। निवेश की तथा आय की वृद्धि के बीच के इस संबंध को केंज गुणक के रूप में परिभाषित करता है। गुणक, उपभोग प्रवृत्ति दी हुई होने पर, कुल रोजगार और आय तथा निवेश की दर के बीच सही संबंध स्थापित करता है या गुणक या विनियोग गुणक (Investment Multiplier) उपभोग व आय पर पड़ने वाले प्रभाव को बताता है, जो विनियोग में परिवर्तन के कारण होता है, गुणकनिवेश की प्रारंभिक वृद्धि और आय की कुल अंतिम वृद्धि के संबंध को व्यक्त करती है।

सूत्र के रूप में—

K = 1 जहाँ K गुणांक है तथा

1-MPC

MPC सीमांत उपभोग प्रवृत्ति को दरशाता है। जैसे— माना कि MPC = ( )

Mutual Fund (पारस्परिक निधि) : पारस्परिक निधि के अंतर्गत जनसाधारण के निवेश योग्य धन को ऐच्छिक आधार पर एकत्रित करके विनियोग के बेहतर अवसरों में प्रयोग किया जाता है, इसकी स्थापना प्राय: निवेश संबंधी निर्णय लेनेवाली दक्ष वित्तीय संस्थाओं द्वारा की जाती है। भारत में यूनिट ट्रस्ट ऑफ इंडिया, स्टेट बैंक, केनरा बैंक, बैंक ऑफ इंडिया, बैंक ऑफ बड़ौदा, इंडियन बैंक तथा जीवन बीमा निगम आदि ने इस प्रकार के Mutual Fund स्थापित किए हैं।

□

N

NABARD (राष्ट्रीय कृषि एवं ग्रामीण विकास बैंक) : National Bank for Agriculture and Rural Development-NABARD का यही पूरा नाम हुआ। इसकी स्थापना 12 जुलाई, 1982 को संसद् द्वारा पारित एक कानून के अंतर्गत की गई थी। राज्य सहकारी बैंकों एवं प्रादेशिक ग्रामीण बैंकों को जो पुनर्वित सुविधाएँ RBI द्वारा दी जा रही थीं, उसका भी इस कानून के अंतर्गत विकेंद्रीकरण कर NABARD को सौंप दिया गया। इस बैंक को कृषि पुनर्वित तथा विकास निगम एवं रिजर्व बैंक की ग्रामीण शाखा से संबंधित दो विभागों को मिलाकर स्थापित किया गया था। यह बैंक कृषि कार्यों के लिए राज्य सहकारी बैंकों तथा प्रादेशिक ग्रामीण बैंकों को 18 माह तक अल्पकालीन ऋण दे सकता है। यह कृषि एवं ग्रामीण विकास हेतु 18 माह से 7 वर्ष तक राज्य सहकारी बैंकों तथा प्रादेशिक ग्रामीण बैंकों को मध्यकालीन ऋण दे सकता है। यह बैंक कृषि एवं ग्रामीण विकास हेतु भूमि विकास बैंकों, प्रादेशिक ग्रामीण बैंकों, अनुसूचित बैंकों तथा अन्य वित्तीय संस्थाओं को दीर्घकालीन ऋण दे सकता है।

NAFED—National Agriculture Co-Operative Marketing Federation of India Ltd. (राष्ट्रीय कृषि सहकारी विपणन संघ) : कृषि उपजों के विपणन हेतु सहकारी क्षेत्र में राष्ट्रीय स्तर पर राष्ट्रीय कृषि सहकारी विपणन संघ की स्थापना की गई थी।

National Development Council (NDC) (राष्ट्रीय विकास परिषद्) : इसका गठन सरकार द्वारा एक प्रस्ताव पारित कर 6 अगस्त, 1952 को किया गया था। यह एक असंवैधानिक निकाय है। भारत के प्रधानमंत्री

इसके पदेन अध्यक्ष होते हैं। इसके सदस्यों में राज्यों के मुख्यमंत्री, केंद्रीय मंत्री परिषद् के सभी सदस्य, केंद्र शासित प्रदेशों के शासक तथा योजना आयोग के सभी सदस्य भी शामिल होते हैं। इसका मुख्य उद्देश्य आर्थिक नियोजन के लिए राज्यों एवं योजना आयोग के बीच सहयोग का वातावरण तैयार करना होता है। इसका प्रमुख कार्य योजना के संचालन का समय-समय पर मूल्यांकन करना, विकास को प्रभावित करनेवाली नीतियों की समीक्षा करना, योजना में निर्धारित लक्ष्यों की प्राप्ति के लिए सुझाव देना एवं योजनाओं को अंतिम रूप प्रदान करना है।

National Housing Bank (राष्ट्रीय मकान व्यवस्था बैंक) : इसकी स्थापना 9 जुलाई, 1988 को की गई थी। यह देश में आवास संबंधी वित्त व्यवस्था के लिए शीर्षस्थ बैंकों में से एक है। यह बैंक भूमि एवं भवन-निर्माण सामग्री एवं संघटकों जैसे वास्तविक संसाधनों की आपूर्ति के संवर्धन के लिए भी प्रयत्नशील रहा है। केंद्र सरकार ने इस बैंक के माध्यम से 1 अक्तूबर, 1991 से 'स्वैच्छिक निक्षेप योजना' प्रारंभ की थी, जिसका उद्देश्य गंदी बस्तियों की सफाई और गरीबों के लिए कम लागत के आवास उपलब्ध कराने के लिए काले धन का उपयोग करना था। इसके अंतर्गत किसी भी संस्था, व्यक्ति, परिवार, कंपनी, फर्म आदि द्वारा जमा की गई राशि के संदर्भ में जमाकर्ता से न तो कोई पूछताछ की गई और न ही जाँच की गई।

National Income (राष्ट्रीय आय) : मोटे तौर पर किसी देश में एक वर्ष की अवधि में उत्पादित समस्त अंतिम वस्तुओं एवं सेवाओं के कुल प्रवाह का मौद्रिक मूल्य 'राष्ट्रीय आय' कहलाती है। राष्ट्रीय आय को विस्तृत तथा संकुचित दो रूपों में व्यक्त किया जा सकता है।

National Income = GNP-Depreciation Charges = NNP (In the broader sense)

National Income = GNP-Depreciation Charges-Indirect + Subsidy =NNP - Indirect Tax + Subsidy (In the narrow sense)

इस प्रकार स्पष्ट है कि विस्तृत रूप में राष्ट्रीय आय का तात्पर्य विशुद्ध राष्ट्रीय उत्पाद से होता है, जिसमें उत्पादित वस्तुओं के बाजार मूल्य लिये गए हैं, जिनमें अप्रत्यक्ष कर व अनुदान (Subsidy) के प्रभाव सम्मिलित होते हैं। संकुचित अर्थ में राष्ट्रीय आय का तात्पर्य साधन लागत पर निवल राष्ट्रीय उत्पाद अथवा आय से होता है, जिसमें बाजार मूल्य पर शुद्ध राष्ट्रीय उत्पाद अथवा उत्पाद में से शुद्ध अप्रत्यक्ष करों (अप्रत्यक्ष कर-सब्सिडी) घटाकर निकाला जाता है। सूत्रानुसार—

National Income = NNP - Indirect Tax +Subsidy

वास्तव में राष्ट्रीय आय का तात्पर्य अर्थव्यवस्था द्वारा उत्पादित अंतिम वस्तुओं व सेवाओं के शुद्ध मूल्य के योग से होता है, जिसमें विदेशों से प्राप्त शुद्ध आय (आयात-निर्यात) शामिल होते है। अत: राष्ट्रीय आय एक प्रवाह है, स्टॉक नहीं। राष्ट्रीय आय को इस प्रकार भी व्यक्त किया जा सकता है—NI = C+I+G+(X-M) इसमें—C = उपभोग व्यय, G = सरकारी व्यय, X-M = विदेशों से प्राप्त विशुद्ध आय, I = कुल विनिमय योग।

Natural Growth Rate (प्राकृतिक विकास दर) : यह जनसंख्या से संबंधित दर है। जन्म दर में से मृत्यु दर घटाने के बाद जो शेष बचता है, उसे 'प्राकृतिक विकास दर' कहते हैं। सन् 1998 के आधार पर भारत में प्रति हजार जनसंख्या पर जन्म दर 26.4 और मृत्यु दर 9.0 है तो प्राकृतिक विकास दर = 26.4–9.0= 17.4

नोट : आँकड़ा स्रोत : योजना, स्वतंत्रता दिवस। सन् 2000, विशेषांक

Near Money (नजदीकी मुद्रा) : वह मुद्रा, जो पूर्ण तरल (Liquid) नहीं होती है, 'नजदीकी मुद्रा' कहलाती है। उदाहरणार्थ—ट्रेजरी बिल, बॉण्ड, डिवेंचर इत्यादि इसके सर्वोत्तम उदाहरण हैं।

Need-Based Wages (आवश्यकता आधारित मजदूरी) : उस मजदूरी को आवश्यकता आधारित कहते हैं, जो मजदूरी उसकी नितांत आवश्यक

आवश्यकताओं को ध्यान में रखकर तय की जाती है, सामान्य तौर पर मिलनेवाली मजदूरी, श्रम की उपलब्धता, उत्पादकता और लाभ पर आधारित होती है, जो आवश्यकता आधारित मजदूरी से प्राय: कम होती है।

Negotiable Instrument (विनिमय साध्य विपत्र) : विनिमय-साध्य विपत्र एक लिखित प्रपत्र होता है, जो विधि अथवा व्यापारिक प्रथा के अंतर्गत अंतरित किया जा सकता है। जो व्यक्ति ऐसा प्रपत्र सद्भाव से तथा मूल्य के बदले (In good faith and for value) प्राप्त करता है, उस व्यक्ति को ऐसे प्रपत्र पर समुचित स्वामित्व रखने का विशेषाधिकार प्राप्त होता है, चाहे उसके अंतरणकर्ता का उस विपत्र पर कोई स्वामित्व नहीं था अथवा दोषपूर्ण स्वामित्व था। वचन पत्र (Promisson note) विनिमय पत्र तथा चेक की गणना विनिमय साध्य विपत्रों के अंतर्गत की जाती है, इन विपत्रों का नियमन विनिमय साध्य विपत्र अधिनियम (Negotiable Instruments Act) के द्वारा होता है।

Neo-Colonialism (नव-उपनिवेशवाद) : वह आर्थिक उपनिवेशवाद, जिसके अंतर्गत धनी देश निर्धन देशों को आर्थिक सहायता के माध्यम से उन पर राजनीतिक दबाव डालकर गलत कार्य करवाते हैं। इतना ही नहीं, बल्कि आर्थिक नीतियों को भी बहुत हद तक प्रभावित करते हैं, 'नव-उपनिवेशवाद' कहलाता है।

Ner Drapt (अधिविकर्ष) : बैंकों से जमाकर्ता द्वारा अपनी जमा रकम के अतिरिक्त धन निकालना 'अधिविकर्ष' कहलाता है।

Net Domestic Product (शुद्ध घरेलू उत्पाद) : उत्पादन के दौरान पूँजीगत वस्तुओं (मशीन, उपकरण, औजार, ट्रैक्टर, फैक्ट्री की इमारतों इत्यादि) का ह्रास होता है। एक समय अवधि के बाद इन पूँजीगत वस्तुओं का प्रतिस्थापन आवश्यक हो जाता है, इसलिए कुल उत्पादन में से एक हिस्सा घिसावट व्यय के लिए अलग रखा

जाता है। इस प्रकार सकल घरेलू उत्पाद में से घिसावट व्यय को घटाने पर जो शेष बचता है, उसे 'शुद्ध घरेलू उत्पाद' कहते हैं।

नोट : NDP = GDP-Depreciation Charges.

Net Investment (शुद्ध निवेश) : कुल निवेश में से 'घिसाई' (Depreciation) या प्रतिस्थापना निवेश (Replacement Investment) को घटा देने से शुद्ध निवेश प्राप्त होता है। प्रतिस्थापना निवेश के लिए धन या पूँजी का प्रबंध सामान्यतः फर्म द्वारा निर्मित घिसाई–कोषों में से किया जाता है। संक्षेप में हम इस तरह भी देख सकते हैं कि शुद्ध निवेश = कुल निवेश – घिसाई (प्रतिस्थापन निवेश)

Net National Product (NNP) (शुद्ध राष्ट्रीय उत्पाद) : अगर सकल राष्ट्रीय उत्पाद (G.N.P.) में से मूल्य ह्रास को निकाल दिया जाए तो शेष 'शुद्ध राष्ट्रीय उत्पाद' कहलाता है।

नोट : NNP = GNP-Deprciation Charges

Net Reproduction Rate (शुद्ध पुनरुत्पादन दर या शुद्ध प्रजनन दर) : इसे कुजिस्की की प्रजनन दर भी कहा जाता है। यह वह दर है, जिस पर किसी देश की महिला जनसंख्या अपने आपको प्रतिस्थापित करती है। यदि शुद्ध पुनरुत्पादन दर एक हो तो देश की जनसंख्या में स्थिरता की प्रवृत्ति होगी। यह दर एक से अधिक होने पर जनसंख्या में वृद्धि होती है तथा एक से कम होने पर जनसंख्या में घटने की प्रवृत्ति पाई जाती है। शुद्ध पुनरुत्पादन दर की गणना की विधि में सर्वप्रथम संतान उत्पन्न करनेवाली आयु की औरतों की संख्या (15–49 वर्ष) को ज्ञात करना चाहिए, तत्पश्चात् उचित आयु वर्गों (जैसे—15–20, 20–25, 25–30 आदि) में बाँट देना चाहिए, इसके बाद प्रत्येक आयु वर्ग की औरतों को कितनी लड़कियाँ उत्पन्न हुई हैं, पुनः उन लड़कियों की संख्या घटा देनी चाहिए, जिनकी संतान उत्पन्न करने की आयु प्राप्त करने से पहले ही मृत्यु हो गई हो या विधवा हो जाती हो अथवा अविवाहित रह जाती हो,

इसके लिए जन्म दर और मृत्यु दर के आँकड़ों की सहायता लेनी पड़ती है। इस प्रकार अब हमें यह पता चलेगा कि लड़कियों की वह संख्या, जो वास्तव में संतान उत्पन्न करने की आयु से गुजरती है और लड़कियों को जन्म देती है, तत्पश्चात् अनुपात मालूम कर लिया जाता है और यही अनुपात 'शुद्ध पुनरुत्पादन दर' (NRR) कहलाती है।

Non-Performing Assets (गैर-निष्पादनीय परिसंपत्तियाँ) : बैंकों द्वारा दी गई ऋण की वह राशि, जो निर्धारित समय से छह माह तक वापस नहीं की गई है, ब्याज सहित राशि 'गैर-निष्पादनीय परिसंपत्तियाँ' कहलाती हैं। जैसे—मान लीजिए, बैंक X व्यक्ति को 10 वर्ष तक की अवधि के लिए 10,000 रु. देती है, यह भी मान लीजिए कि X व्यक्ति 6 वर्ष तक 6,000 रु. चुका देता है, अब किस्त के छह माह तक यदि वह शेष राशि नहीं चुका रहा है तो ब्याज सहित मूलधन की शेष राशि NPA कहलाएगी।

Non Plan Expenditure (गैर-योजना व्यय) : सरकार के वे सभी खर्च, जो योजना के अतंर्गत नहीं आते, इसका कुछ भाग ब्याज, पेंशन और राज्यों के वैधानिक अंतरण पर, कुछ भाग रक्षा और आंतरिक सुरक्षा पर, कुछ भाग विदेशी संबंधों आदि पर खर्च होते हैं, याद रहे कि पिछली योजनाओं में बनाई गई परिसंपत्तियों, सेवाओं आदि के रखरखाव या जारी रखने पर किया जानेवाला खर्च भी वर्तमान वर्ष में गैर-योजना खर्च के तहत ही शामिल कर लिया जाता है।

Non Plan Grants (गैर-योजना अनुदान) : संविधान के अनुच्छेद 275 (1) के तहत वित्त आयोग के प्रतिवेदन पर और विशिष्ट योजनाओं के लिए राज्यों को दिया जानेवाला अनुदान है, जो महाविद्यालयों व विश्वविद्यालयों के शिक्षकों के वेतन संशोधन, पुलिस योजनाओं, विस्थापित लोगों के पुनर्वास, सीमा सड़कों के निर्माण एवं रखरखाव, यात्री किराए पर कर आदि के लिए दिए जाते हैं।

Non Plan Loans (गैर-योजना ऋण) : राज्य सरकारों को लघु बचतों से जमा राशि के बदले में दिया जानेवाला ऋण। यह केंद्र शासित प्रदेशों को उनके गैर-योजना पूँजी अंतराल को पूरा करने के लिए तथा सार्वजनिक क्षेत्र के उद्योगों को उनके नकद घाटे और कार्यशील व्ययों को पूरा करने के लिए प्रदान किया जाता है।

Non Resident Rupee Account (अनिवासी रुपया खाता) : इस प्रकार के खाते प्रमुख व्यापारिक बैंकों में अनिवासी भारतीयों के नाम से भारतीय रुपए में खोले जाते हैं, खातों का मूलधन और उस पर अर्जित ब्याज को बिना किसी कठिनाई के जमाकर्ता को उसके देश वापस कर दिया जाता है, किंतु स्मरण रहे, रुपए को विदेशी मुद्रा में उस दर से परिवर्तित किया जाता है, जो कि धन भेजने की तारीख को लागू होती है। इन खातों पर जो ब्याज दिया जाता है, वह करमुक्त होता है। ऐसे खाते अनिवासी भारतीयों (NRLS) तथा भारतीय मूल के विदेशियों द्वारा खोले जा सकते हैं, अन्य विदेशी लोगों को ऐसे खाते खोलने का अधिकार नहीं है। 1 नवंबर, 1975 से इन खातों के धन को UTI के यूनिटों, राष्ट्रीय बचत-पत्रों तथा सरकारी प्रतिभूतियों में भी लगाया जा सकता है तथा इनसे प्राप्त आय को भी जमाकर्ता को उसके देश भेजा जा सकता है।

Non Tax Revenue (गैर-कर राजस्व) : सरकार की आय का मुख्य स्रोत Tax है, किंतु ऐसी आय भी है, जो कर के अतिरिक्त प्राप्त होती है, जिसे 'गैर-कर राजस्व' कहते हैं। इसके अंतर्गत सरकार की ब्याज प्राप्ति शिक्षा, स्वास्थ्य आदि सेवाओं से प्रशासकीय प्राप्ति आती है। केंद्र सरकार के गैर-कर राजस्व में विभागीय उपक्रमों (Undertaking) जैसे—रेलवे, डाक व तार करेंसी आदि। जबकि राज्य सरकारों के गैर-कर राजस्व में विभागीय उपक्रम जैसे—विद्युत् बोर्ड, सिंचाई एवं वन आदि से प्राप्त लाभ आते हैं।

Non-Resident Indian (NRI) और Person of Indian Origin (PIO)—जिनके माता-पिता या दादा-दादी भारतीय हों और उनका जन्म विदेश में ही हुआ हो तो वह 'NRI' कहलाता है तथा जो जन्म से ही भारतीय हो और वह विदेश में चला गया हो तो वह 'PIO' कहलाता है।

Normal Profit (सामान्य लाभ) : किसी उद्योग में साहसी के लिए 'सामान्य लाभ' का निम्नतम स्तर है, जो कि साहसी को उद्योग में कार्य करने तथा बनाए रखने के लिए केवल पर्याप्त मात्रा है। पूर्ण प्रतियोगिता शिक्षा के अंतर्गत एक उद्योग 'साम्य' या 'पूर्ण साम्य' की दशा में तब होती है, जबकि उसके अंतर्गत फर्मों की संख्या में कोई परिवर्तन न हो, ऐसा तब होगा, जब फर्मों को न हानि हो और न लाभ हो। सामान्य लाभ वह लाभ है, जो फर्मों को तब तक प्राप्त होता है, जब तक उद्योग पूर्ण साम्य की स्थिति में रहता हो।

Normal Wages (नकद मजदूरी) : यह वह मजदूरी है, जो निश्चित समय में द्रव्य के रूप में दी जाती है।

Normative Economics (आदर्शात्मक अर्थशास्त्र) : इसका तात्पर्य अर्थशास्त्र के आदर्शात्मक विज्ञान से है, अर्थशास्त्र के आदर्शात्मक पहलू पर निश्चित ही अर्थशास्त्रियों में मतभेद है और यह मतभेद शायद उतना ही पुराना है, जितना अर्थशास्त्र स्वयं एक आदर्शात्मक विज्ञान के रूप में अर्थशास्त्र आर्थिक कार्यों या घटनाओं की अच्छाई तथा बुराई को बताता है अर्थात् नैतिक निर्णय देता है कि क्या होना चाहिए?

□

O

Octroi (चुंगी) : एक नगर से दूसरे नगर में प्रवेश करनेवाली वस्तुओं पर लगाया गया कर 'चुंगी' कहलाता है। यह अप्रत्यक्ष कर है।

Oligopoly (अल्पाधिकार) : यह Oligopoly दो यूनानी शब्दों से निकला है—'Oligo' तथा 'Pollein' जिसका अर्थ होता है 'कुछ' और 'बेचने से' है। अतः अल्पाधिकार का अर्थ है—थोड़े विक्रेताओं में प्रतियोगिता अर्थात् किसी वस्तु के बाजार में विक्रेताओं की संख्या दो से अधिक, किंतु बहुत अधिक न हो तो ऐसा बाजार 'अल्पाधिकार' कहलाता है। इस प्रकार के बाजार में थोड़े से विक्रेताओं के द्वारा बिक्री की जानेवाली वस्तुएँ भी एकरूप होती हैं, तो ऐसी स्थिति को विशुद्ध अल्पाधिकार (Pure Oligopoly) कहते हैं। यदि विक्रेताओं की वस्तु मिलती-जुलती (Similar) होती है, परंतु एकरूप नहीं, उनमें कुछ भिन्नता रहती है तो ऐसी स्थिति को भेदित अल्पाधिकार (Defferentiated Oligopoly) कहते हैं।

Open Credit (मुक्त ऋण) : ऐसा ऋण, जिसे बैंक बिना किसी प्रकार की जमानत लिये प्रदान कर देता है, उसे 'मुक्त कर' कहते हैं।

Open Door Policy (खुली द्वार नीति) : अंतरराष्ट्रीय व्यापार की वह नीति, जिसके अंतर्गत एक देश अन्य देशों के साथ समानता के आधार पर व्यापार करता है।

Open Inflation and Suppressed Inflation (खुली तथा छिपी स्फीति) : जब मुद्रा की मात्रा में वृद्धि होने पर बिना रोक-टोक के

वस्तुओं की कीमतों में वृद्धि होने दी जाती है, तब इस प्रकार की स्फीति को 'खुली स्फीति' कहते हैं, तथा ठीक इसके विपरीत जब मुद्रा की मात्रा में होनेवाली वृद्धि का प्रभाव कीमतों पर नहीं पड़ने दिया जाता है तो इस प्रकार की स्फीति को 'छिपी हुई स्फीति' कहते हैं। लेकिन यहाँ ध्यान देने की बात यह है कि मुद्रा की मात्रा में वृद्धि होने पर भी सरकार कीमत नियंत्रण तथा राशनिंग व्यवस्था द्वारा मुद्रा की मात्रा में होनेवाली वृद्धि को प्रभावहीन बना देती है। परिणामतः वस्तुओं की कीमतें बढ़ने से रुक जाती हैं, तब ऐसी स्थिति छिपी हुई स्फीति कही जाती है।

Open Market Operations (खुले बाजार की क्रियाएँ) : यह भी केंद्रीय बैंक द्वारा साख नियंत्रण का एक महत्त्वपूर्ण उपाय है। खुले बाजार की क्रियाओं के अंतर्गत केंद्रीय बैंक द्वारा मुद्रा बाजार में किसी भी प्रकार के बिलों अथवा प्रतिभूतियों का क्रय-विक्रय होता है, परंतु संकीर्ण अर्थ में इससे अभिप्राय केंद्रीय बैंक द्वारा केवल सरकारी प्रतिभूतियों का क्रय-विक्रय होता है। दूसरे शब्दों में हम यह कह सकते हैं कि यह साख नियंत्रण के महत्त्वपूर्ण उपाय हैं, जिसका प्रयोग विश्वयुद्ध के बाद विभिन्न देशों द्वारा किया गया था।

Open Sky Policy (खुली आकाश नीति) : वायुमार्ग से वस्तुओं के आयात-निर्यात पर से जो आयात-निर्यात शुल्क हटा दिया जाता है, वही 'खुली आकाश नीति' कहलाती है।

Optimum Holding (अनुकूलतम जोत) : जोत की वह अधिकतम सीमा जिस पर एक परिवार का स्वामित्व होना चाहिए। पारिवारिक जोत की तीन गुणा जोत 'अनुकूलतम जोत' कही जाती है।

Optimum Theory of Population (अनुकूलतम जनसंख्या का सिद्धांत) : यह जो सिद्धांत है, माल्थस की जनसंख्या सिद्धांत की प्रतिक्रिया का परिणाम है। इस सिद्धांत का मूल विचार सर्वप्रथम प्रोफेसर Sidgwick (सिजविक) ने अपनी प्रसिद्ध पुस्तक 'Principles of

Political Economy' में प्रस्तुत किया था। प्रोफेसर केनन ने इस सिद्धांत को क्रमबद्ध एवं वैज्ञानिक रूप प्रदान किया था। जनसंख्या के जिस बिंदु पर रहने से देश का वार्षिक उत्पादन अधिकतम हो अथवा प्रतिव्यक्ति आय अधिकतम हो, उसे 'आदर्शतम जनसंख्या का सिद्धांत' कहा जाएगा।

आदर्शतम जनसंख्या जनाभाव (Under Population) तथा जनाधिक्य जनसंख्या (Over Population) के बीच की स्थिति है। इस प्रकार आदर्श जनसंख्या वह है, जिसमें किसी देश के प्राकृतिक साधनों का समुचित एवं पूर्ण उपयोग हो सके तथा प्रतिव्यक्ति आय अधिकतम हो सके। इसे निम्न चित्र द्वारा स्पष्ट किया जा सकता है।

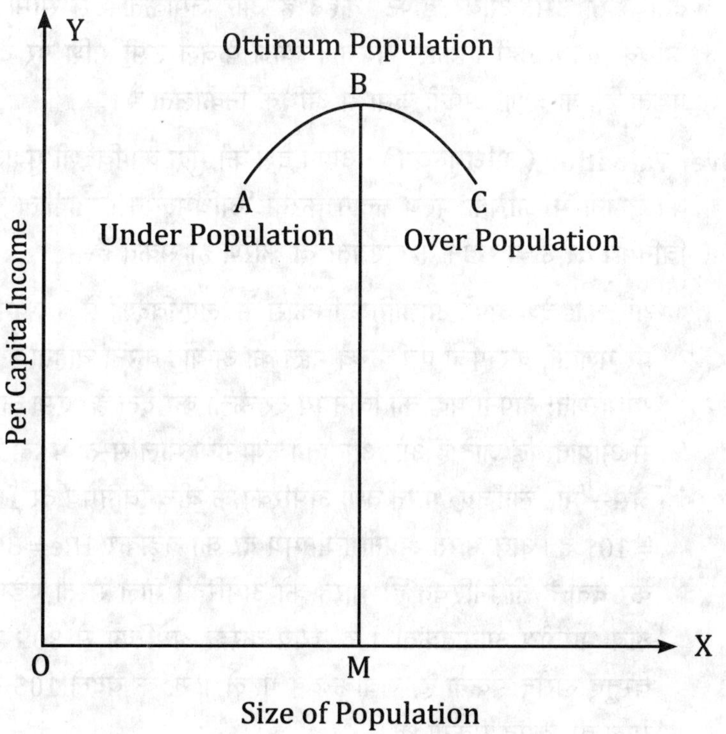

Optional Money (ऐच्छिक मुद्रा) : यह वह मुद्रा होती है, जो साधारणत: जनता द्वारा स्वीकार तो की जाती है, परंतु कानूनी रूप से स्वीकार करने

की बाध्यता नहीं होती है कि वह इस प्रकार की मुद्रा को स्वीकार करे अथवा नहीं। उदाहरण के रूप में हम देख सकते हैं—चेक, हुंडियाँ, विनिमय-पत्र इत्यादि।

Ordinary Price Inflation (सामान्य मुद्रास्फीति) : यह वह स्थिति है, जिसमें मूल्य स्तर में सामान्य वृद्धि होती है। अर्थव्यवस्था पर कोई बुरा प्रभाव नहीं पड़ता।

Over Draft (ओवर ड्राफ्ट) : जब बैंक अपने जमाकर्ता को आवश्यकता पड़ने पर उसकी जमा राशि से भी अधिक रुपया निकालने की सुविधा देता है तो उसे 'ओवर ड्राफ्ट' कहते हैं और जमाकर्ता उस सीमा से अधिक रुपया नहीं निकाल सकता। ब्याज केवल उसी राशि पर देना पड़ता है, जो ऋणी अपनी जमा से अधिक निकालता है।

Over Valuation (अधिमूल्यन) : अपने देश की मुद्रा का विदेशी मुद्राओं की तुलना में अधिक मूल्य प्रदान करना 'अधिमूल्यन' कहलाता है। विनिमय दर ऊँचा रखने के मुख्यतः दो कारण हो सकते हैं—

1. यदि कोई देश अपने औद्योगिक विकास के लिए विदेशों से बड़े पैमाने पर मशीनों, कलपुर्जों एवं कच्चे माल का आयात करना चाहता है तो साधारणतः अपनी मुद्रा की विनिमय दर ऊँची कर देता है। ऐसा करने से आयात बढ़ जाते हैं और आयात किया गया माल सस्ता पड़ता है। जैसे—मान लीजिए, भारत तथा अमेरिका के बीच विनिमय दर 1Re = 10$ है। अब भारत अपनी विनिमय दर को बढ़ाकर 1Re = 30$ कर देता है तो निश्चित ही भारत को अमेरिकी माल सस्ता पड़ेगा। अब भारतीय आयातकर्ता 1 रु. व्यय करके अमेरिका से 30$ की वस्तुएँ खरीद सकता है, जबकि वह पहले 1 रु. के बदले 10$ का माल ही खरीद सकता था।
2. यदि कोई देश दूसरे देश का ऋणी है और उसे ऋण चुकाना है तो वह ऊँची विनिमय दर रखना चाहेगा, क्योंकि ऋणी को विदेशी ऋण का

भुगतान करने में अपनी मुद्रा कम मात्रा में देनी पड़ेगी। जैसे—मान लीजिए, भारत अमेरिका का ऋणी है, अब उसे भुगतान करना है तो अब भारत को अपनी मुद्रा के रूप में कम राशि चुकानी पड़ेगी। पहले भारत केवल एक रुपया देकर 10$ का ऋण चुकाता था, लेकिन अब उसी एक रुपए में 30$ का ऋण चुका सकता है। किंतु स्मरणीय बात तो यह है कि यह संभव नहीं है, क्योंकि अधिमूल्यन से आयात सस्ते होने के कारण बढ़ जाते हैं, किंतु निर्यात महँगे होने के कारण कम हो जाते हैं। परिणामतः देश का व्यापार संतुलन प्रतिकूल हो जाता है।

□

P

Paidup Capital (चुकती पूँजी) : स्वीकृत पूँजी का वह भाग, जो लोगों द्वारा वास्तव में चुका दिया जाता है, उसे 'चुकती पूँजी' कहते हैं।

Partial Convertibility of Money (मुद्रा की आंशिक परिवर्तनशीलता) : आंशिक परिवर्तनशीलता की स्थिति में सरकार द्वारा मुद्रा के कुछ अंशों का निर्धारण कर दिया जाता है, जबकि शेष अंशों का निर्धारण बाजार शक्तियों के द्वारा स्वयं होने के लिए छोड़ दिया जाता है, जैसा कि आप लोग जानते हैं कि सन् 1993 में भारत सरकार ने भारतीय मुद्रा को 60 प्रतिशत और 40 प्रतिशत के अनुपात में आंशिक रूप से परिवर्तनीय घोषित कर दिया था।

Percapita Income (प्रतिव्यक्ति आय) : किसी देश की कुल राष्ट्रीय आय में कुल जनसंख्या से भाग देने पर जो प्राप्त होता है, उसे ही 'प्रतिव्यक्ति आय' कहते हैं। सूत्र के रूप में इस प्रकार—

$$\text{प्रतिव्यक्ति आय} = \frac{\text{कुल राष्ट्रीय आय}}{\text{कुल जनसंख्या}}$$

Perfect Competition (पूर्ण प्रतियोगिता) : जब बाजार में क्रेताओं एवं विक्रेताओं की संख्या उतनी अधिक होती है कि कोई भी क्रेता या विक्रेता अपने प्रयास से मूल्य को प्रभावित न कर सके तो 'पूर्ण प्रतियोगिता का बाजार' कहते हैं। इसमें वस्तु का मूल्य एक ही होता है। कोई भी क्रेता या विक्रेता व्यक्तिगत रूप से बाजार मूल्य को प्रभावित नहीं कर सकता।

इसमें क्रेताओं तथा विक्रेताओं की अत्यधिक संख्या होती है तथा वस्तु की एकरूपता होती है। वास्तविक जीवन में पूर्ण प्रतियोगिता की स्थिति वास्तविकता से परे है।

Personal Income (वैयक्तिक आय) : यह वह आय है, जो देशवासियों को वास्तव में प्राप्त होती है। किसी देश में 1 वर्ष की अवधि में सभी व्यक्तियों द्वारा अथवा परिवारों द्वारा वास्तव में जितनी आय प्राप्त होती है, उसे 'वैयक्तिक आय' कहते हैं। इस प्रकार व्यक्तिगत आय राष्ट्रीय आय से हमेशा कम होती है। व्यक्तिगत आय को ज्ञात करने के लिए राष्ट्रीय आय में से कई मदों को घटाना और जोड़ना पड़ता है। जैसे—

वैयक्तिक आय = राष्ट्रीय आय – निगम कर – अवितरित लाभ – सामाजिक सुरक्षा संबंधी कटौतियाँ + अंतरण भुगतान

(सरकारी हस्तांतरण भुगतान तथा व्यापारिक हस्तांतरण भुगतान)

सामाजिक सुरक्षा संबंधी कटौतियों के अंतर्गत श्रमिक एवं वेतनभोगी वर्ग को सामाजिक सुधार (P.F. आदि) के लिए अपने वेतनों से कुछ अंशदान करना पड़ता है। इसके विपरीत बेरोजगार मजदूरों, वृद्ध व्यक्तियों एवं विधवाओं को सरकार द्वारा भत्ते दिए जाते हैं। जो किसी उत्पादन कार्य के बदले नहीं दिए जाते है, उन्हें 'हस्तांतरण भुगतान' कहा जाता है और अवितरित लाभ अर्थात् जो लाभ वितरित नहीं किया गया हो। मोटे तौर पर निजी आय और वैयक्तिक आय एक ही होते हैं, किंतु वैयक्तिक आय में अविभाजित कंपनी लाभ तथा कंपनी आयकर शामिल नहीं होते, जबकि निजी आय में ये घटक भी शामिल होते हैं।

Personal Loan (व्यक्तिगत ऋण) : ऐसा ऋण, जो प्राय: नियमित आय स्रोत वाले ग्राहकों को दिया जाता है, जो किस्तों में चुकाए जाते हैं। यह ग्राहकों को कार, रेडियो, रेफ्रीजरेटर जैसे टिकाऊ उपभोक्ता वस्तुओं के लिए दिए जाते हैं।

Personal Security (व्यक्तिगत प्रतिभूति) : बैंक प्राय: छोटे-मोटे ऋणों

के लिए ऋण लेनेवाले व्यक्ति अथवा किसी तीसरे व्यक्ति की व्यक्तिगत प्रतिभूति को ही स्वीकार कर लेता है। व्यक्तिगत प्रतिभूति में ऋणी का चरित्र, उसकी संपत्ति (Assets) तथा क्षमता (Capacity) को ध्यान में रखा जाता है। उदाहरण के लिए व्यक्ति दिवालिया नहीं होना चाहिए तथा उसकी बाजार में साख अच्छी होनी चाहिए आदि।

Perspective Planning (दृष्ट नियोजन) : इसका अभिप्राय दीर्घकालीन नियोजन से है, जिसमें 15 से 25 वर्षों की अवधि के लिए पहले से ही दीर्घकालीन लक्ष्य निश्चित कर दिए जाते हैं। स्मरण रहे कि इसमें 15–20 वर्ष की अवधि के लिए योजना नहीं बनाई जाती बल्कि अल्पकालीन योजनाओं में विभक्त करते समय की एक निश्चित अवधि के भीतर विशाल उद्देश्य तथा लक्ष्यों को पूरा करने के लिए बनाई जाती है। यह उद्देश्य 25 वर्ष तक की अवधि के भीतर लक्ष्यों को निश्चित कर दिया जाता है।

Petro Doller (पेट्रो डॉलर) : पेट्रोल निर्यातक देशों द्वारा पेट्रोल निर्यात करके अर्जित की गई मुद्रा को 'पेट्रो डॉलर' कहते हैं।

Plan Holiday (योजना अवकाश) : जब किसी कारणवश पंचवर्षीय योजना अपने निर्धारित वर्ष से प्रारंभ नहीं होती तो उस वर्ष के लिए वार्षिक योजना का ही आधार लिया जाता है, इस स्थिति को ही 'योजना अवकाश' कहा जाता है। उदाहरण के तौर पर देखें तो भारत में चौथी पंचवर्षीय योजना को सन् 1966 में न लागू कर उसकी जगह वार्षिक योजना ही बनाई गई। सन् 1966–67, 1967–68, 1968–69 में यह वार्षिक योजना 'अवकाश योजना' के नाम से ही जानी जाती है।

Planning By Direction (निर्देशन द्वारा नियोजन) : ऐसे नियोजन में केंद्रीय प्राधिकार होता है जो पूर्व-निर्धारित लक्ष्यों एवं प्राथमिकताओं के अनुसार योजना का निर्देशन करता है और कार्य का संपादन करता है। यह अबंध निति (Laissez Fairl) की पूर्ण अनुपस्थिति को आवश्यक

बना देता है। अबंध नीति से तात्पर्य यह है कि सरकार के हस्तक्षेप को कम करना अर्थात् स्वतंत्र व्यापार नीति का अनुपालन करना।

Planning Commission (योजना आयोग) : यह एक परामर्शदात्री संस्था है। 15 मार्च, 1950 को संघीय मंत्रिपरिषद् द्वारा एक विशेष प्रस्ताव पारित करके योजना आयोग का गठन किया गया। योजना आयोग के पदेन अध्यक्ष प्रधानमंत्री होते हैं, एक उपाध्यक्ष होते हैं, जिन्हें कैबिनेट मंत्री का दर्जा मिल जाता है। योजना आयोग के प्रथम अध्यक्ष पं. जवाहरलाल नेहरू और उपाध्यक्ष गुलजारीलाल नंदा थे। इसके सदस्यों एवं उपाध्यक्ष का कोई निश्चित कार्यकाल नहीं होता और न ही कोई निश्चित योग्यता होती है।

Planning From Below (निचले स्तर से नियोजन) : इसका तात्पर्य ऐसे नियोजन से है, जिससे निर्धन व पिछड़े वर्गों को सर्वाधिक लाभ प्राप्त हो सके। दूसरे शब्दों में, यह निर्धन व पिछड़े वर्गों के सर्वाधिक लाभ को ध्यान में रखकर बनाई गई योजना है।

Population Explo (जनसंख्या विस्फोट) : जनसंख्या वृद्धि की दूसरी प्रावस्था 'जनसंख्या विस्फोट' कहलाती है। इस अवस्था में मृत्यु दर तेजी से नीचे गिर जाती है, जबकि जन्म दर ऊँचे स्तर पर ही बनी रहती है। इसलिए इस अवस्था में देश की जनसंख्या तीव्र गति से बढ़ने लगती है, यही कारण है कि इस प्रावस्था को 'जनसंख्या विस्फोट' की प्रावस्था कहते हैं।

Portfolio (पोर्टफोलियो) : किसी निवेशकर्ता के पास उपलब्ध विभिन्न प्रकार की वित्तीय परिसंपत्तियों का संपूर्ण समूह 'पोर्टफोलियो' कहलाता है। उदाहरण के लिए शेयर, ऋणपत्र, सरकारी बॉण्ड तथा अन्य वित्तीय परिसंपत्तियाँ आदि।

Positive Economics (सकारात्मक अर्थशास्त्र) : इसका तात्पर्य अर्थशास्त्र के वास्तविक विज्ञान से है। जहाँ तक अर्थशास्त्र के सकारात्मक

स्वरूप का संबंध है। अर्थशास्त्रियों में तनिक भी मतभेद नहीं है। वास्तविक या सकारात्मक विज्ञान के रूप में अर्थशास्त्र आर्थिक कार्यों के कारण और परिणामों के बीच संबंध को बताता है। यह आर्थिक कार्यों की अच्छाई या बुराई के संबंध में चुप रहता है। सकारात्मक विज्ञान क्रमबद्ध ज्ञान का वह भंडार है, जो इस बात की व्याख्या करता है कि वस्तुएँ कैसी हैं? वस्तुएँ कैसी होनी चाहिए? इससे इसको कोई मतलब नहीं रहता।

Post Dated Cheque (उत्तर दिनांकित चेक) : यदि किसी चेक का आहरणकर्ता चेक लिखते समय उस पर कोई आगामी तारीख लिख देता है तो ऐसे चेक को 'उत्तर दिनांकित चेक' कहा जाता है। ऐसा चेक विधिअमान्य तो नहीं होता, अपितु उस तारीख से प्रभावी होता है, जो उसमें लिखी गई है।

Poverty Line (गरीबी रेखा) : किसी परिवार के लिए वह न्यूनतम आय जिस पर वह न्यूनतम उपभोग स्तर को भी प्राप्त करने में अक्षम रहता है तो उसे 'गरीबी रेखा' कहते हैं। इन लोगों के लिए सरकार द्वारा लाल कार्ड, पीला कार्ड, हरा कार्ड चलाया जा रहा है, ताकि उन लोगों को मुफ्त में उपभोग की वस्तु दी जाए।

Preferential Share (अधिमानित शेयर) : अधिमानित शेयरों पर उसके धारकों को एक निश्चित दर से सर्वप्रथम लाभांश दिया जाता है, परंतु वह कंपनी का वास्तविक स्वामी नहीं होता।

Pressure Group (दबाव समूह) : दबाव समूह में दबाव के कारण भी बजट में परिवर्तन होते रहते हैं, लेकिन भारत में दबाव समूह अच्छी स्थिति में नहीं है। जिस कारण भारतीय बजट के निर्माण में इनका योगदान अत्यंत कम है।

Price Demand (मूल्य माँग) : किसी निश्चित समय में निश्चित मूल्य पर खरीदी गई मात्रा 'मूल्य माँग' कहलाती है, इसके लिए प्रभावपूर्ण इच्छा,

साधन, तत्परता, निश्चित समय और निश्चित मूल्य का होना आवश्यक है।

Price Effect (कीमत प्रभाव) : वस्तु की कीमत में होनेवाले परिवर्तनों का उसके क्रय पर जो प्रभाव पड़ता है, उसे ही हम 'कीमत प्रभाव' कहते हैं।

Primary and Secondary Market (प्राथमिक एवं द्वितीयक बाजार) : कुछ परिसंपत्तियों को सर्वप्रथम उस बाजार में नहीं बेचा जाता, जहाँ बाद में उसका व्यापार होता है। इस बादवाले बाजार को 'द्वितीयक बाजार' और सर्वप्रथम बिक्रीवाले बाजार को 'प्राथमिक बाजार' कहा जाता है। नए इश्यू वाले बाजार प्राथमिक बाजार हैं, जबकि स्टॉक एक्सचेंज उद्धत प्रतिभूतियों के लिए द्वितीयक बाजार होता है।

Primary Deficit (प्राथमिक घाटा) : सकल राजकोषीय घाटे (Gross fiscal deficit) में से ब्याज के भुगतान को घटाने से प्राथमिक घाटे की जानकारी मिलती है।

Primary Deficit (प्राथमिक घाटा) : राजकोषीय घाटे में से ब्याज अदायगियों को घटाने के बाद, जो शेष बचता है, उसे ही 'प्राथमिक घाटा' कहते हैं।
P.D = Fiscal Deficit - Interest Payment

Primary Secondary and Teritory Sector (प्राथमिक, द्वितीयक एवं तृतीयक क्षेत्र) : प्राकृतिक संसाधनों के प्रयोग पर आधारित उद्यम जैसे कृषि व संबंधित गतिविधियाँ, वानिकी, मत्स्य, खनन आदि प्राथमिक क्षेत्र के अंतर्गत आते हैं, द्वितीयक क्षेत्र ऊपर के पैराग्राफ हैं तथा तृतीयक क्षेत्र में सेवाएँ जैसे—बैंकिंग, बीमा, यातायात व संचार, व्यापार वाणिज्य आदि को शामिल किया जाता है।

Primary Sector (प्राथमिक क्षेत्र) : राष्ट्रीय आय के निर्माण में अर्थव्यवस्था के तीन क्षेत्र होते हैं, जिसमें एक क्षेत्र 'प्राथमिक क्षेत्र' कहलाता है। प्राकृतिक संसाधनों के प्रयोग पर आधारित उद्यम जैसे—कृषि व संबंधित गतिविधियाँ, वानिकी, मत्स्य खनन आदि प्राथमिक क्षेत्र में आते हैं।

Primary Security (प्राथमिक प्रतिभूति) : प्राथमिक प्रतिभूति से अभिप्राय उस प्रतिभूति से होता है, जो ऋण को मुख्यत: सुरक्षित करती है तथा यह प्रतिभूति ऋणी द्वारा प्रदत्त की जाती है।

Prime Lending Rate (प्रधान ब्याज दर) : बैंक Worthy of best customers को जिस न्यूनतम दर पर ऋण देता है, उसे 'प्रधान ब्याज दर' कहते हैं। यह ऋण ऋणी की Rank के आधार पर दिया जाता है। यह बैंकों की न्यूनतम ब्याज दर ही है, जिस पर प्राय: Extra Interest जोड़कर Other Lone दिए जाते हैं।

Private Credit (व्यक्तिगत साख) : जब निजी व्यक्ति, संस्थाएँ तथा कंपनियाँ अपनी व्यापारिक आवश्यकताओं की पूर्ति के लिए ऋण लेती हैं, तब उसे 'व्यक्तिगत साख' कहते हैं।

Private Sector (निजी क्षेत्र) : अर्थव्यवस्था का वह क्षेत्र, जिसके अंतर्गत साधनों पर निजी अधिकार होता है और साधनों के इस्तेमाल का काम उनके निजी प्रबंध अथवा देखरेख में होता है। इस क्षेत्र में आर्थिक क्रियाओं का संचालन मुख्य रूप से निजी लाभ के उद्देश्य से बाजार तंत्र के आधार पर होता है।

Privatisation (निजीकरण) : निजीकरण का अभिप्राय उत्पादन के साधनों और निगमों का निजी हाथों में सन्निहित होने से है। यह वर्तमान में अधिकांश विकसित तथा अर्धविकसित अर्थव्यवस्थाओं में विकास का महत्त्वपूर्ण अंग बन गया है। यह पूँजीवाद की परिकल्पना है, इसमें उत्पादन के साधन उत्पादन के संदर्भ में निर्णय तथा उत्पादन से संबंधित लाभ निजी हाथों में रहते हैं।

Production Function (उत्पादन फलन) : यह 'फलन' शब्द गणित का शब्द है। हम कह सकते हैं कि Y फलन है X का अर्थात् Y निर्भर करता है X पर। कहने का अर्थ है कि X को मूल्य प्रदान करते हैं तो उससे संबंधित Y के मूल्य को मालूम किया जा सकता है। संक्षेप में इस प्रकार से—

Y = f (x) अर्थात् Y निर्भर करता है X के मूल्यों पर।

Profit (लाभ) : लाभ कई अर्थों में प्रयुक्त किए जाते हैं। अर्थशास्त्र में लाभ का अर्थ आर्थिक लाभ या विशुद्ध लाभ से होता है। वास्तव में लाभ साहसी के कार्यों अथवा जोखिम तथा अनिश्चितताओं को झेलने तथा नवप्रवर्तन के लिए दिया गया पुरस्कार है। 'नवप्रवर्तन' शब्द का प्रयोग शुंपीटर अर्थशास्त्री ने किया है, जिसका अर्थ होता है—साहसी। साहसी किसी नवीन लागत बचत रीति को ज्ञात कर सकता है या यों कहें कि कोई साहसी नवीन वस्तु का उत्पादन कर सकता है। इन सबों के कारण साहसी को लाभ प्राप्त होता है।

Profit and Profits (लाभ तथा लाभों) : Machlup तथा Ryan जैसे अर्थशास्त्री कलात्मक दृष्टि से पारिभाषित करके लाभ तथा लाभों में अंतर करते हैं। 'लाभ' का अर्थ उस विशुद्ध आगम से है, जो कि एक फार्म भविष्य में समयावधि के अंतर्गत प्राप्त करने की आशा करती है। 'लाभों' का अर्थ उस विशुद्ध आगम से है कि एक फार्म एक निश्चित अवधि के समाप्त होने के बाद प्राप्त करने में सफल होती है।

Protection (संरक्षण) : स्वतंत्र व्यापार अथवा स्वतंत्र अर्थव्यवस्था के विपरीत अपनी अर्थव्यवस्था को मजबूत बनाने के उद्देश्य से आयातों पर अनेक प्रतिबंध लगाए जाते हैं। उदाहरण—आयात पर प्रतिबंध, कोटा निर्धारण प्रतिबंध इत्यादि लगाए जाते हैं, ताकि देश के आधारभूत उद्योगों का विकास हो सके।

Protection Tariffs (संरक्षणात्मक प्रशुल्क) : जब विदेशी बाजार में किसी देश को गलाकाट जैसी विदेशी प्रतियोगिता का सामना करना पड़ता है, तो उसे अपने घरेलू उद्योगों को संरक्षण प्रदान करने के लिए उन उद्योगों द्वारा उत्पादित वस्तुओं से प्रतियोगिता करनेवाली विदेशी वस्तुओं के आयात पर प्रशुल्क लगाने पड़ते हैं, इसे ही 'संरक्षणात्मक प्रशुल्क' कहते हैं। इससे घरेलू निर्मित वस्तुओं से प्रतियोगिता, विदेशी

वस्तुओं के आयात पूर्णतया बंद हो सकते हैं, किंतु इस प्रकार के प्रशुल्क से सरकार को कोई विशेष आय प्राप्त नहीं होती।

Proxy (परीक्षी प्रतिनिधि) : किसी व्यक्ति की अनुपस्थिति पर जो व्यक्ति उसका प्रतिनिधित्व करता है, उसे 'परीक्षी प्रतिनिधि' कहते हैं।

Public Corporation (लोक निगम) : इसके अंतर्गत वैसे राजकीय उपक्रम आते हैं, जिनकी व्यवस्था वैधानिक लोक निगमों द्वारा की जाती है। संसद् द्वारा बनाए अधिनियमों के अंतर्गत इसकी स्थापना होती है। जैसे—दामोदर घाटी निगम, जीवन बीमा निगम, औद्योगिक बिल निगम आदि।

Public Credit (सार्वजनिक साख) : जब सरकार स्वयं अपनी आवश्यकता की पूर्ति करने के लिए लोगों से ऋण लेती है, तब उसे 'सार्वजनिक साख' कहते हैं।

Public Debt (सार्वजनिक ऋण) : सरकार जब लोगों से अथवा वित्तीय संस्थाओं से ऋण लेती है तो उसे 'सार्वजनिक ऋण' कहते हैं। सरकार इसके लिए ऋणपत्र, शेयर आदि जारी करती है।

Public Finance (राजस्व) : अर्थशास्त्र के पाँच विभागों में से एक 'राजस्व' है। अत: अर्थशास्त्र के उस विभाग को, जिसमें सरकार की आय एवं व्यय का विवेचन किया जाता है, इसमें सरकार की आय प्राप्ति के विभिन्न तरीकों तथा राजकीय व्यय के विभिन्न तरीकों एवं सिद्धांतों का अध्ययन किया जाता है।

Public Goods (सार्वजनिक वस्तुएँ) : ऐसी वस्तुएँ, जिनका उपयोग किसी एक व्यक्ति तक सीमित न होकर विभिन्न व्यक्तियों द्वारा होता है। अर्थात् ऐसी वस्तुएँ, जो सामूहिक पसंद की हों 'सार्वजनिक वस्तुएँ' कहलाती हैं, उदाहरण—रेडियो, टी.वी., घड़ी इत्यादि।

Public Sector (सार्वजनिक क्षेत्र) : सार्वजनिक क्षेत्र से अभिप्राय उस क्षेत्र

से है, जहाँ साधनों का स्वामित्व सरकार के हाथ में होता है और उनको प्रयोग में लाने के लिए आवश्यक प्रबंध कार्य सरकार स्वयं करती है। संक्षेप में हम यूँ कह सकते हैं कि सरकार द्वारा संचालित उद्यम सरकारी क्षेत्र के अंतर्गत आते हैं। इस क्षेत्र में मुख्यत: सार्वजनिक कल्याण को ध्यान में रखकर कार्य का संचालन किया जाता है। सन् 1947 से पूर्व भारतीय अर्थव्यवस्था के अंतर्गत सरकारी क्षेत्र नहीं था, बल्कि सरकारी उद्यम (Public Undertaking) थे। उदाहरण के लिए, रेल और तार, युद्ध सामग्री, विमान कारखाने और कुछ राजकीय प्रबंधवाले कारखाने जैसे सरकारी नमक का कारखाना इत्यादि। किंतु स्वतंत्रता प्राप्ति के पश्चात् सार्वजनिक क्षेत्र के विस्तार को सन् 1956 की औद्योगिक नीति के अनिवार्य अंग के रूप में विकसित किया गया। सन् 1956 की औद्योगिक नीति में सार्वजनिक क्षेत्र को केंद्रीय स्थान दिया गया। भिलाई, दुर्गापुर, राउरकेला के इस्पात सार्वजनिक क्षेत्र के उदाहरण हैं।

Pure Monopoly (विशुद्ध एकाधिकार) : एकाधिकारी वह है, जिसका वस्तु की पूर्ति पर पूर्ण नियंत्रण हो। विशुद्ध एकाधिकार में प्रतियोगिता शून्य होती है, इसमें निम्न बातों का होना आवश्यक है—(क) वस्तु का एक विक्रेता हो, (ख) वस्तु का कोई अच्छा स्थानापन्न न हो, (ग) उत्पादकों के प्रवेश के प्रति प्रभावपूर्ण रुकावटें हों।

□

Q

Quantitative and Qualitative Credit Control (परिमाणात्मक एवं गुणात्मक साख नियंत्रण) : भारत में साख नियंत्रण का कार्य रिजर्व बैंक करता है। साख नियंत्रण के उपायों को दो वर्गों में विभाजित किया जा सकता है—(1) परिमाणात्मक उपाय तथा (2) गुणात्मक उपाय।

परिमाणात्मक उपाय के द्वारा देश में उधारी की कुल मात्रा पर नियंत्रण स्थापित करना होता है। इसके लिए केंद्रीय बैंक, बैंक दर, खुले बाजार की क्रियाएँ, सर्वाधिक तरलता अनुपात तथा नकद आरक्षण अनुपात का सहारा लेती है, जबकि गुणात्मक उपाय के अंतर्गत प्रचार, राशनिंग उपभोक्ता साख का नियमन, नैतिक दबाव मार्जिक आवश्यकताओं में परिवर्तन, प्रत्यक्ष कार्यवाही आदि आते हैं।

Quasi Rent (आभास लगान) : इसका प्रतिपादन सर्वप्रथम Marshal ने किया था। उन्होंने अल्पकालीन आयों के लिए 'आभास लगान' शब्द का प्रयोग किया। यदि किसी मशीन की अल्पकालीन आय में से उसकी देखभाल पर होनेवाले अल्पकालीन व्यय को घटा दिया जाए तो शेष आभास लगान होगा। अत: आभास लगान वह आधिक्य है, जो किसी मशीन द्वारा अपने परिचालन व्यय के ऊपर प्राप्त किया जाता है। आभास लगान के कारण अल्पकाल में साधनों की पूर्ति उनकी माँग की तुलना में कम होती है, लेकिन जब दीर्घकाल में साधनों की पूर्ति माँग के अनुसार बढ़ जाती है तो आभास लगान समाप्त हो जाता है। इस प्रकार के अल्पकाल में जब किसी साधन की पूर्ति सीमित होगी, उसे आभास

लगान प्राप्त होगा, जैसे—द्वितीय विश्वयुद्ध में समुद्री जहाजों की माँग में अकस्मात् वृद्धि हो गई थी, लेकिन पूर्ति को अल्पकाल में बढ़ाना संभव नहीं था, जिससे उस समय जहाजों की बड़ी कमी हो गई थी। परिणामतः उनके भाड़े बढ़ गए थे। इन जहाजों से होनेवाली आय और बढ़ गई। युद्ध के आरंभिक वर्षों में जहाजों द्वारा जो अतिरिक्त आय प्राप्त की गई थी, वह अब समाप्त हो गई। आभास लगान अब पूर्णतः समाप्त हो गया है। अतः आभास लगान की धारणा एक आपातकालीन धारणा है। इसे एक और उदाहरण द्वारा स्पष्ट किया जा सकता है, मान लीजिए कि अल्पकाल में किसी मशीन द्वारा उत्पादित वस्तु की माँग बढ़ जाती है, परिणामस्वरूप मशीन की माँग बढ़ेगी तो कीमत भी बढ़ेगी। मान लीजिए, मशीन पहले 100 रु. लगान प्राप्त कर रही थी, अब वह माना कि 200 रु. प्राप्त करेगी। अतः अल्पकाल में 100 रु. की अतिरिक्त आय प्राप्त होती है, जिसे Prof. Marshal ने 'आभास लगान' की संज्ञा दी। इस प्रकार सामान्य आय के ऊपर आधिक्य (Surplus) प्राप्त होने लगा। इस आधिक्य को 'आभास लगान' कहते हैं। यह लगान मानव निर्मित साधनों को ही नहीं, बल्कि मनुष्य को भी प्राप्त होता है। आधुनिक अर्थशास्त्री कुल आगम तथा कुल परिवर्तनशील लागत के बीच के अंतर को 'आभास लगान' कहते हैं।

Quota (नियतांश) : यह वह निश्चित मात्रा है, जिसका एक निर्दिष्ट अवधि में आयात-निर्यात किया जा सकता है। आयात कोटे का एक निश्चित मात्रा में ही आयात किया जा सकता है, उसमें वृद्धि नहीं की जा सकती। आयात कोटे की या तो भौतिक मात्रा निश्चित कर दी जाती है या आयातों का मौद्रिक मूल्य निश्चित कर दिया जाता है। कभी-कभी इन दोनों को मिलाकर भी आयात कोटा निश्चित कर दिया जाता है तो उसे 'प्रत्यक्ष कोटा' और जब उसके मूल्य की राशि निश्चित कर दी जाती है तो उसे 'अप्रत्यक्ष कोटा' कहते हैं। याद रहे, तटकर व कोटा दोनों ही विधियों का उपयोग घरेलू लघु उद्योगों को संरक्षण देने हेतु किया जाता है। प्रायः

कोटे का उपयोग आयात को परिमित करने के लिए ही किया जाता है। चूँकि तटकर संबंधी कानून को बनाने और लागू करने में काफी समय लग जाता है और इस बीच की अवधि में देश के अनेक व्यापारी भारी मात्रा में बाहर से वस्तुओं का आयात कर लेते है। ऐसा तटकर से बचने के लिए करते हैं। इस प्रवृत्ति के कारण तटकर लागू होने से पहले देश का भुगतान संतुलन प्रतिकूल हो जाता है। अतः इस परिस्थिति से बचने के लिए आयात पर तात्कालिक प्रतिबंध की आवश्यकता हो जाती है, जो केवल आयात कोटे द्वारा ही संभव है। तत्पश्चात् तटकर नियमों को लागू किया जाए तो संरक्षण नीति अधिक प्रभावकारी सिद्ध हो सकती है।

□

R

Rate of Exchange (विनिमय की दर) : यह प्रायः विदेशी विनिमय के संबंध में प्रयुक्त किया जाता है। विनिमय दर का तात्पर्य उस दर से होता है, जिस दर पर देश की मुद्रा को दूसरे देश की मुद्रा में बदला जाता है। स्पष्ट है कि दो देशों की मुद्राओं का विनिमय अनुपात 'विनिमय दर' है। विदेशी मुद्रा का मूल्य अर्थात् विनिमय दर 'विदेशी मुद्रा की माँग और पूर्ति के आधार पर निर्धारित होती है।' उदाहरण 1$ = 40 Rs, इसका मतलब है कि अमेरिका का 1 डॉलर भारत के 40 रु. के बराबर है।

सूत्रानुसार

$$1\$ = \frac{Re \times P_1}{P_2} = \frac{20 \times 400}{200} = 40 \text{ Rs}$$

यहाँ

Re = आधार वर्ष में 1$ = 20 Rs

P_1 = वर्तमान भारतीय रुपए का सूचकांक (Index) = 400

P_2 = अमेरिका (अन्य देश) की मुद्रा का सूचकांक (Index) = 200

Rate of Natural Increase (प्राकृतिक वृद्धि दर) : जन्म दर और मृत्यु दर का अंतर जिसे प्रायः प्रतिशत के रूप में दरशाया जाता है, उसे 'प्राकृतिक वृद्धि दर' कहते हैं।

Rationalization (विवेकीकरण) : विवेक द्वारा उद्योगों की कार्यकुशलता में वृद्धि करना 'विवेकीकरण' कहलाता है। इसके अंतर्गत कार्य का

पुनर्विभाजन करना, आधुनिक मशीनों का उपयोग करना तथा व्यर्थ बचे पदार्थों का उपयोग करना शामिल है।

Rationing (राशनिंग) : किसी वस्तु की अल्प आपूर्ति होने पर उसे निश्चित दर पर वितरित करने की पद्धति को 'राशनिंग' कहते हैं।

Real Cost (वास्तविक लागत) : किसी वस्तु के उत्पादन की वास्तविक लागत को मुद्रा के रूप में व्यक्त नहीं किया जा सकता। इसे वस्तु निर्माण में लगाए गए श्रमिकों के प्रयासों एवं पूँजीपतियों के त्यागों के रूप में ही प्रकट किया जाता है। अत: किसी वस्तु के उत्पादन में प्रत्यक्ष तथा परोक्ष रूप में जो श्रम व्यय होता है, उसकी श्रम पूँजी के निर्माण में पूँजीपतियों द्वारा किया गया त्याग आदि को 'वास्तविक लागत' कहते हैं।

Real Wages (वास्तविक मजदूरी) : यह वस्तुओं और सेवाओं की मात्रा को बताती है, जो कि एक व्यक्ति अपनी मजदूरी से प्राप्त करता है। इसमें नकद मजदूरी से खरीदी जानेवाली वस्तुएँ और सेवाएँ ही नहीं आतीं वरन् वे सभी सुविधाएँ भी वास्तविक मजदूरी में शामिल की जाती हैं, जो मजदूरों को नकद मजदूरी के अतिरिक्त प्राप्त होती हैं जैसे—मुफ्त मकान, राशन, बोनस आदि।

Rebate (बट्टा, छूट) : किसी संस्थान को दिए जानेवाले धन में छूट के रूप में एक निश्चित भाग कम कर दिया जाना 'बट्टा' कहलाता है।

Recession (सुस्ती) : जब किसी वस्तु पूर्ति की तुलना में माँग कम हो तो उसे 'सुस्ती' कहा जाता है। सन् 1930 के दशक में विश्वव्यापी मंदी (Recession) की स्थिति कही जा सकती है। ऐसी अर्थव्यवस्था को सुस्ती तथा मंदी (Depression) की स्थिति कहा जाता है।

Recurring Deposit Account or Cumulative Deposit Account (आवर्ती जमा या संचयी जमा खाता) : आवर्ती जमा खाता खोलनेवाले व्यक्ति को एक निश्चित रकम नियत अवधि तक प्रतिमास अपने खाते में जमा करनी होती है। यह एक प्रकार का सावधि खाता है। अतः इस

खाते पर दिए जानेवाले ब्याज की दर बचत जमा खातों की तुलना में कुछ अधिक है।

Reflation (प्रत्यवस्फीति) : सुस्ती अथवा मंदी की अवस्था में अर्थव्यवस्था में कुछ ऐसे कदम उठाए जाते हैं कि लोगों की क्रय-शक्ति में वृद्धि हो और वस्तुओं की माँग बढ़े। इसके परिणामस्वरूप मूल्य स्तर में जो वृद्धि होती है, उसे Relation कहते हैं। संक्षेप में Deflation के सुधार को Reflation कहते हैं।

Regional Rural Banks (प्रादेशिक ग्रामीण बैंक) : 1 जुलाई, 1975 को तत्कालीन प्रधानमंत्री श्रीमती इंदिरा गांधी ने 20 सूत्री कार्यक्रम देश के समक्ष प्रस्तुत किया था। ग्रामीण क्षेत्रों में आसान किस्तों, भूमिहीन किसानों एवं ग्रामीणों को ऋण देने तथा किसानों को महाजनों के चुंगल से छुटकारा दिलाने के उद्देश्य से 2 अक्तूबर, 1975 को पाँच बैंक स्थापित किए गए थे। सिक्किम और गोवा में ये बैंक नहीं हैं।

Repo-Rate (रिपो दर) : केंद्रीय बैंक जिस दर पर सरकारी प्रतिभूतियों व बॉण्डों को पुनर्खरीद समझौते के तहत बैंकों को बेचती है, उसे 'रिपो दर' कहते हैं। सरकार व रिजर्व बैंक के बीच उसकी खरीद-बिक्री के लिए समझौता हो जाता है। उस समझौते के तहत ही रिजर्व बैंक प्रतिभूतियों को खरीद लेती है और भविष्य में उसे बेचती है। वास्तव में इसके अंतर्गत केंद्रीय बैंक इस शर्त पर प्रतिभूतियों को बेचती है कि इतने दिनों के बाद पुनः खरीद लूँगा। यह दर रिजर्व बैंक द्वारा घोषित की जाती है। वास्तव में यह रेट RBI की बैंक दर की तरह ही है, जिसका प्रयोग केंद्रीय बैंक RBI द्वारा खुले बाजार की क्रियाओं में एक Part के रूप में किया जाता है। इसके द्वारा भी केंद्रीय बैंक साख का विस्तार या नियंत्रण करता है।

Reserve Bank of India (भारतीय रिजर्व बैंक) : सन् 1929 में केंद्रीय बैंकिंग जाँच समिति की सिफारिश पर सन् 1934 में RBI Act पास कर दिया गया और 1 अप्रैल, 1935 को RBI की स्थापना कर दी गई। इसका

राष्ट्रीयकरण सन् 1949 में किया गया। यह भारत का केंद्रीय बैंक है।

Reserve Fund (प्रारक्षित निधि) : हमें ज्ञात है कि प्रत्येक बैंक के पास एक प्रारक्षित निधि होती है। इस निधि का निर्माण अवितरित लाभ से किया जाता है और इसका प्रयोग आकस्मिक हानियों की क्षतिपूर्ति के लिए किया जाता है। भारतीय कानून के अंतर्गत प्रत्येक बैंक की प्रारक्षित निधि जब तक उसकी चुकती पूँजी के बराबर नहीं हो जाती है, तब तक बैंक को अपने वार्षिक लाभ का 20 प्रतिशत इसमें हस्तांतरित करना पड़ता है। जिन बैंकों के पास प्रारक्षित निधि जितनी अधिक होती है, उन पर लोगों का विश्वास उतना ही अधिक होता है।

Revenue Deficit (राजस्व घाटा) : सरकार के राजस्व आय से राजस्व व्यय का अधिक होना 'राजस्व घाटा' कहलाता है। यह बजट का एक प्रकार है।

नोट : R.D = Revenue Receipts - Revenue Expenditure.

Revenue Tariffs (आय प्रशुल्क) : इसका उद्‌देश्य सरकारी आय में वृद्धि करना होता है। यह कर उन वस्तुओं के आयातों पर लगाया जाता है, जिनका उत्पादन प्रशुल्क लगानेवाले देश में नहीं होता। सामान्यता आय में वृद्धि करने के लिए उपयोग्य वस्तुओं, विशेष रूप से विलासिता की वस्तुओं, पर यह प्रशुल्क लगाया जाता है, जिसकी दर प्रायः ऊँची होती है।

Rival or Composite Demand (प्रतिद्वंद्वी या मिश्रित माँग) : जब एक वस्तु दो या दो से अधिक प्रयोगों में माँगी जाती है, तो ऐसी माँग को 'प्रतिद्वंद्वी या मिश्रित माँग' उद्योगों को चलाने आदि कई प्रयोगों के लिए माँग की जाती है, लगभग सभी कच्ची वस्तुएँ (Real Materials) जैसे—कोयला, चमड़ा, ऊन, लोहा, चाँदी को 'मिश्रित माँग' कहते हैं। इसी प्रकार लगभग सभी उत्पत्ति के साधनों (जैसे—श्रम, पूँजी, भूमि) की माँग मिश्रित माँग होती है।

Rival or Composite Supply (मिश्रित अथवा प्रतिद्वंद्वी पूर्ति) : इसे 'संगृहित पूँजी' भी कहते हैं। जब दो या दो से अधिक वस्तुएँ एक-दूसरे की पूर्ण स्थानापन्न होती हैं अर्थात् जब किसी आवश्यकता की पूर्ति कई वस्तुओं द्वारा की जाती है, तो ऐसी वस्तुएँ 'मिश्रित पूर्ति' कहलाती हैं।

व्यावहारिक जीवन में ऐसी वस्तुएँ बहुत कम देखने को मिलती हैं, जो पूर्ण स्थानापन्न हैं। जैसे—चाय और कॉफी पूर्ण स्थानापन्न नहीं कही जा सकतीं, किंतु चुकंदर की चीनी (Beat Sugar) तथा गन्ने की चीनी (Cane Sugar) एक-दूसरे की लगभग पूर्ण स्थानापन्न होती हैं।

Roosa Plan (रोसा योजना) : सन् 1962 में IMF (अंतरराष्ट्रीय मुद्रा कोष) की वार्षिक बैठक के अवसर पर अमेरिका के भूतपूर्व उपमंत्री रॉबर्ट रोसा ने अंतरराष्ट्रीय तरलता में वृद्धि हेतु एक योजना प्रस्तुत की। इस योजना के अनुसार भविष्य में अंतरराष्ट्रीय तरलता में वृद्धि हेतु किसी सीमा तक स्वर्ण की मात्रा में वृद्धि करनी होगी तथा किसी सीमा तक सुरक्षित केंद्रों की स्थापना करनी होगी।

□

S

Saving Bank Account (बचत बैंक खाता) : इस खाते में जमाकर्ता को उसकी जमा राशि पर कुछ ब्याज भी दिया जाता है। प्रत्येक कैलेंडर माह के दसवें दिन के अंत से लेकर उस माह की अंतिम तारीख तक की अवधि में जो भी न्यूनतम जमा शेष रहता है, उसके आधार पर ब्याज दिया जाता है।

Scheduled Commercial Bank (अनुसूचित व्यापारिक बैंक) : उन बैंकों को कहते हैं, जिन्हें RBI ने अपने RBI Act सन् 1934 की द्वितीय सारणी में सम्मिलित कर लिया है। इस अनुसूची में उन्हीं बैंकों को सम्मिलित किया जाता है, जो निम्नलिखित शर्तों को पूरा करते हैं—

1. बैंकों की चुकती पूँजी (Paid up capital) तथा प्रारक्षित निधि (Reserve Fund) मिलाकर 5 लाख रुपए से कम नहीं होनी चाहिए।
2. इन बैंकों की अपनी माँग देयताओं (Demand Labilities) एवं काल देयताओं (Time Labilities) का 3 प्रतिशत भाग RBI के पास नकद कोषों के रूप में रखना पड़ता है। सन् 1962 के संशोधन द्वारा RBI को यह अधिकार दिया गया कि RBI चाहे तो इस प्रतिशत को बढ़ाकर 15 प्रतिशत तक कर सकता है।
3. इन बैंकों को प्रति सप्ताह अपना स्थिति विवरण RBI के पास भेजना पड़ता है। इसके अंतर्गत स्टेट बैंक और सहायक बैंक, राष्ट्रीयकृत बैंक, क्षेत्रीय, ग्रामीण बैंक, विदेशी बैंक एवं अन्य अनुसूचित बैंक आदि आते हैं।

SEBI (सेबी) : Securities Exchange Board of India की स्थापना 12 अप्रैल, 1988 को शेयर बाजार को व्यवस्थित करने, निवेशकों के हितों की रक्षा करने व शेयर बाजार को नियमित करने के लिए की गई थी। यह पहले गैर-सांविधानिक संस्था के रूप में थी, जिसे 30 जनवरी, 1992 को सरकार ने अध्यादेश जारी करके वैधानिक दरजा प्रदान कर दिया। इसका प्रबंध 6 सदस्यों द्वारा किया जाता है, जिनमें एक अध्यक्ष, जो केंद्र सरकार द्वारा निर्मित होता है, दो सदस्य केंद्रीय मंत्रालयों के अधिकारियों में से, जिनको वित्त और कानून का ज्ञान होता है, एक सदस्य भारत के रिजर्व बैंक अधिकारियों में से तथा 2 अन्य सदस्यों का नामांकन केंद्रीय सरकार द्वारा किया जाता है। इसका मुख्यालय मुंबई में है, क्षेत्रीय कार्यालय दिल्ली, कोलकाता और चेन्नई में है। सन् 1988 में इसकी प्रारंभिकी पूँजी 7.5 करोड़ रु. थी, जो कि प्रवर्तक कंपनियों—IDBI, ICICI तथा IFCI द्वारा दी गई थी। इस धनराशि को निवेशित कर दिया गया था, जिसके ब्याज की आय से सेबी के दैनिक कार्य संपन्न किए जाते हैं। इसका मुख्य कार्य प्रतिभूति बाजार में निवेशकों के हितों की रक्षा करना, स्टॉक ब्रोकर्स, ट्रस्टीज, शेयर ट्रांसफर एजेंट्स, सब ब्रोकर्स, मर्चेंट बैंकर्स, अंडर राइटर्स पोर्टफोलियो, मैनेजर आदि के कार्यों का नियमन करना एवं उन्हें पंजीकृत करना, स्वयं नियमित संगठनों को प्रोत्साहित करना प्रतिभूति के अंतरंग व्यापार पर रोक लगाना आदि है।

Secondary Market (द्वितीयक बाजार) : See Primary Market.

Secondary Sector (द्वितीय क्षेत्र) : द्वितीयक क्षेत्र में विनिर्माण क्षेत्र अर्थात् प्राथमिक वस्तुओं के रूप में परिवर्तन कर उसे विनिर्मित वस्तु बनानेवाले उद्योग जैसे—निर्माण गैस, जल आपूर्ति, वस्तु निर्माण इत्यादि।

Secured and Unsecured Advances (सुरक्षित तथा असुरक्षित अग्रिम) : सुरक्षित या अग्रिम ऋण का अर्थ ऐसे ऋण (अग्रिम) से है, जो ऐसी प्रतिभूतियों के आधार पर दिया जाता है, जिनका बाजार मूल्य

किसी भी समय ऐसे ऋण या अग्रिम राशि से कम नहीं होता, ठीक इसके विपरीत जो ऋण सुरक्षित नहीं हैं, उन्हें 'असुरक्षित ऋण' कहते हैं।

Selective Credit Control (चयनात्मक साख नियंत्रण) : केंद्रीय बैंक इसका प्रयोग कम आपूर्तिवाली वस्तुओं के विरुद्ध बैंक उधार की मात्रा को नियंत्रित करने के लिए करती है। चयनात्मक साख नियंत्रण लागू करते समय यह ध्यान रखा जाता है कि उत्पादन वस्तुओं के स्थान परिवर्तन तथा निर्यात के लिए दिए जानेवाले उधार पर प्रभाव न पड़े। खाद्यान्नों के विरुद्ध दिए गए अग्रिमों पर प्रतिशत अंतर को बढ़ाना-घटाना तथा उधार अभिकरण योजना, इस प्रकार के साख नियंत्रण का उदाहरण है।

Sellers Market (विक्रेता बाजार) : जब माँग अधिक होती है और पूर्ति कम, तब व्यापारी कमी का लाभ उठाकर वस्तुओं को मनमानी कीमतों पर बेचते हैं, ऐसे बाजार को 'विक्रेता बाजार' कहते हैं।

Semi Bombla (सेमी बोंबला) : किसी देश के अर्थशास्त्रियों द्वारा तैयार किया गया प्रपत्र, जिसके द्वारा काला धन, मुद्रा प्रसार, कीमत वृद्धि आदि की समस्याओं को सुलझाने के लिए सुझाव देते हैं, 'सेमी बोंबला' कहलाता है।

Single Column Tariffs (एकाकी स्तंभ प्रशुल्क) : इस प्रणाली के अंतर्गत कानून के अनुसार प्रत्येक वस्तु पर समान दर से प्रशुल्क लगाया जाता है, चाहे वस्तु का आयात किसी भी देश से क्यों न किया जा रहा हो।

Sinking Fund (ऋणशोधन निधि) : जिस कोष का निर्माण कंपनी को प्राप्त लाभ या सरकार की आय से नियमित रूप से धनराशि जमा करके किया जाता है और कंपनी के ऋणों या अन्य उत्तरदायित्वों के भुगतान के लिए प्रयुक्त किया जाता है अर्थात् ऐसा कोष, जिससे ऋण की परिपक्वता पर आसानी से भुगतान किया जा सके, उसे 'ऋणशोधन कोष' कहा जाता है।

Small Industries Development Bank of India (SIDBI) (भारतीय लघु उद्योग विकास बैंक) : यह बैंक SIDBI के पूर्ण स्वामित्व में एक सहायक बैंक के रूप में सन् 1988-89 के बजट में प्रस्ताव रखकर अक्तूबर 1989 में संसद् द्वारा पारित कर सन् 1990 में इसकी स्थापना कर दी गई। इसने 2 अप्रैल, 1990 से ही कार्य करना भी प्रारंभ कर दिया। इसका मुख्यालय लखनऊ में है। इसका मुख्य उद्देश्य लघु उद्योगों को वित्तीय सहायता उपलब्ध कराना, विद्यमान लघु इकाइयों के विकास व आधुनिकीकरण के लिए आवश्यक प्रयास करना तथा लघु उद्योगों में अधिकाधिक रोजगार के अवसर उपलब्ध कराना है। ध्यान रहे, यह बैंक लघु उद्योगों को स्वयं वित्त प्रदान नहीं करता, बल्कि व्यापारिक बैंकों, सहकारी तथा क्षेत्रीय ग्रामीण बैंकों तथा राज्य वित्त निगमों, राज्य औद्योगिक विकास निगमों के माध्यम से वित्तीय सहायता प्रदान करता है। यह बैंक अपने संसाधन भारत सरकार तथा भारतीय रिजर्व बैंक से ऋण लेकर भी बढ़ा सकता है, इसके साथ-साथ यह भारतीय पूँजी बाजार में तथा विदेशी संस्थाओं से विदेशी मुद्रा में ऋण भी ले सकता है।

Smart Card (स्मार्ट कार्ड) : डाक विभाग द्वारा चुनिंदा शहरों में प्रीमियम बचत बैंक सेवा के अंतर्गत प्रत्येक खातेदार को एक स्मार्ट कार्ड जारी किया गया, जिसके माध्यम से खातेदार किसी एक निश्चित डाकघर के स्थान पर विभिन्न डाकघरों में अपने खाते में धन जमा कर सकेंगे तथा निकाल सकेंगे।

Socialism Economy (समाजवादी अर्थव्यवस्था) : ऐसी अर्थव्यवस्था जहाँ उत्पादन के साधनों एवं वितरण पर सरकार का अधिकार होता है, यहाँ मुख्यतः सार्वजनिक कल्याण को ध्यान में रखकर आर्थिक क्रियाओं का संचालन होता है। इसमें नियोजन की प्रधानता होती है। 'समाजवाद' शब्द का प्रयोग सर्वप्रथम रॉबर्ट ओवेन ने किया था। किंतु वैज्ञानिक व्याख्या करने का श्रेय कार्ल मार्क्स को है।

Soft Curency (उदार मुद्रा) : वह मुद्रा, जिसके पक्ष में भुगतान संतुलन हो अर्थात् जब अंतरराष्ट्रीय बाजार में किसी मुद्रा की पूर्ति उसकी माँग की तुलना में अधिक होती है तो ऐसी मुद्रा 'उदार मुद्रा' कहलाती है।

Soft Loan (उदार ऋण) : ऐसा ऋण, जिसमें कम ब्याज दर पर उपलब्ध होने के साथ-साथ कई किस्तों में लंबी अवधि तक चुकाने की सुविधा भी उपलब्ध हो।

Soft Money (मुलायम मुद्रा) : वैसी मुद्रा, जिसे प्राप्त करने में कोई कठिनाई न हो, उसे मुलायम मुद्रा कहते हैं। उदाहरणार्थ—विकासशील देशों की मुद्रा।

Special Drawing Rights (विशेष आहरण अधिकार) : 1 जनवरी, 1970 से यह योजना लागू की गई। इसे 'कागजी सोना' भी कहते हैं। IMF के अंतर्गत प्रत्येक सदस्य देश का कोटा निर्धारित कर दिया जाता है। सदस्य देश को अपने कोटे का ¼ प्रतिशत भाग स्वर्ण अथवा अमेरिकी डॉलरों में चुकाना पड़ता है, शेष भाग राष्ट्रीय मुद्रा में देना पड़ता है। अब यदि किसी देश के भुगतान संतुलन में घाटा उत्पन्न हो जाता है तो वह मुद्रा कोष के विधान के अंतर्गत अपने आहरण अधिकारों का उपयोग कर सकता है। अर्थात् वह देश मुद्राकोष से किसी विशिष्ट राष्ट्रीय मुद्रा की माँग कर सकता है। जब घाटा दूर हो जाए तो वह उसे लौटानी पड़ती है। SDR के प्रारंभ होने से पूर्व उसे 'स्वर्ण निधि' कहा जाता है। कोई भी सदस्य देश अपने कोटे के 25 प्रतिशत तक तो बेरोक-टोक विदेशी मुद्राएँ कोष से ले सकता है। उसके कोटे के इस भाग को Gold Ranche (टुकड़ा) कहते हैं। इसके लिए सदस्य देश को मुद्रा कोष की अनुमति नहीं लेनी पड़ती। यह तो उसके विधान द्वारा प्रदत्त अधिकार है। यदि कोई सदस्य देश अपने कोटे के 25 प्रतिशत से अधिक के मूल्य की विदेशी मुद्रा की माँग करता है तो उसे मुद्राकोष से अनुमति लेनी पड़ती है। संक्षेप में हम यह कह सकते हैं कि SDR एक ऐसी योजना

या महत्त्वपूर्ण मुद्राओं का पैकेज है, जहाँ से कोई भी सदस्य देश अपने कोटे के मुताबिक विदेशी मुद्रा ले सकता है।

Specife Tariff (विशिष्ट प्रशुल्क) : जब सरकार किसी वस्तु पर उसके भार तथा माप को ध्यान में रखते हुए मुद्रा की एक निश्चित मात्रा में तटकर लगाती है तो उसे 'विशिष्ट प्रशुल्क' कहा जाता है। दूसरे शब्दों में हम यह कह सकते हैं कि किसी वस्तु की मात्रा पर प्रयुक्त प्रति इकाई मौद्रिक कर को 'विशिष्ट तटकर' कहा जाता है। उदाहरणार्थ—50 पैसे प्रति मीटर या 75 पैसे प्रति पॉण्ड 1 वस्तु का मूल्य प्रायः स्थान विशेष या समय विशेष पर बदलता रहता है।

Stand by Scheme (आकस्मिक साख योजना) : इसका सृजन सन् 1952 में किया गया था। यह सुविधा उन देशों के लिए है, जिन्हें तत्काल तो मुद्रा कोष से सहायता की आवश्यकता नहीं है, लेकिन निकट भविष्य में सहायता की आवश्यकता पड़ सकती है।

Standard Money (मानक मुद्रा) : इसे प्रधान, पूर्णकार तथा सर्वांग मुद्रा भी कहते हैं। इसके सिक्के प्रायः सोने एवं चाँदी के बने होते हैं। जब देश का मानक सिक्का एक ही धातु का बनाया जाता है तो इसे 'एक धातुमान' (Monometallism) कहा जाता है। जब मानक सिक्का दो धातुओं का बना होता है तो उसे 'द्विधातुमान' (Bimetallism) कहते हैं।

मानक मुद्रा का मूल्य अंकित मूल्य (Face Value) के बराबर होता है। यदि कोई मानक सिक्के गलाकर बेचता है तो उसे कोई हानि नहीं होती, क्योंकि अंकित मूल्य के बराबर ही उसे धातु प्राप्त होती है। इसी कारण इसे 'पूर्णकार मुद्रा' (Full Bodied Money) कहा गया है।

State Trading (राजकीय व्यापार) : राजकीय व्यापार से हमारा तात्पर्य उस व्यवस्था से है, जिनके अंतर्गत वस्तुओं के आयात-निर्यात का समस्त दायित्व सरकार द्वारा नियंत्रित या सरकारी संस्था पर छोड़ दिया जाता है। इसके अंतर्गत देश की औद्योगिक इकाइयों से खरीदकर वस्तुओं का

निर्यात भी इसी सरकारी संस्था के माध्यम से किया जाता है।

Statics (स्थैतिक) : आर्थिक शब्दावली में स्थैतिक का संबंध ऐसी अर्थव्यवस्था से होता है, जिसमें गति होती है, किंतु गति की दर में कोई परिवर्तन नहीं होता। भौतिक शास्त्र में 'स्थैतिक' शब्द 'विश्राम की अवस्था' (State of Rest) का प्रतीक होता है। परंतु अर्थव्यवस्था में 'विश्राम की अवस्था' का अर्थ निष्क्रियता की स्थिति (State of Idlehess) या मृतक अथवा गतिहीन अर्थव्यवस्था से नहीं होता।

Statutory Liquidity Ratio (कानूनी तरलता अनुपात) : बैंकिंग नियमन कानून, 1949 (धारा-29) के अधीन भारत में वाणिज्यिक बैंकों को नगदी, स्वर्ण और बंधनमुक्त अनुमोदित प्रतिभूतियों (Unencumbered approved securities) के रूप में कुल माँग तथा सावधि जमा दायित्वों का एक निश्चित प्रतिशत जो RBI निर्धारित करती है, RBI के पास रखना पड़ता है। रिजर्व बैंक को यह अधिकार दिया गया है कि यह SLR को परिवर्तित कर सकता है। भारतीय रिजर्व बैंक का साख-नियंत्रण का यह भी एक तरीका है।

Stock Investment Scheme (स्टॉक निवेश योजना) : यह शेयर से संबंधित एक नई योजना है, जिसके अंतर्गत कंपनियाँ शेयरों के लिए आवेदन राशि संप्रेषित करती हैं। इस योजना के तहत निवेशकों को शेयर आवंटित होने के बाद ही उनके खातों से रु. कंपनियों के खाते में हस्तांतरित होंगे।

Structural Adjustment Facility (SAF) (संरचनात्मक समन्वय सुविधा) : सुविधा अंतरराष्ट्रीय मुद्राकोष (IMF) द्वारा सन् 1968 में प्रारंभ किया गया था। इसका उद्देश्य निम्न आयवाले देशों की वित्तीय सहायता प्रदान करना था, जो भुगतान संतुलन की चिरकालीन समस्याओं से जूझ रहे थे।

Structural Inflation (संरचनात्मक मुद्रास्फीति) : अर्थव्यवस्था के

प्रमुख क्षेत्रों में समग्र माँग और समग्र पूर्ति संतुलित होने पर भी माँग अथवा लागत में वृद्धि होने के कारण मूल्यों में वृद्धि होती है तो उसे 'संरचनात्मक मुद्रास्फीति' कहते हैं।

Structural Unemployment (संरचनात्मक बेरोजगारी) : अर्थव्यवस्था में तकनीक, बाजार या अन्य विकास प्राथमिकताओं में मूलभूत परिवर्तन के कारण अर्थात् अर्थव्यवस्था के पिछड़ेपन के कारण उत्पन्न बेरोजगारी को 'संरचनात्मक बेरोजगारी' कहते हैं।

Subscribed Capital (स्वीकृत पूँजी) : यह कोई जरूरी नहीं है कि बैंक द्वारा जारी किए सभी शेयर्स जनता द्वारा खरीद लिये जाएँ। अत: जितने मूल्य के शेयर्स जनता द्वारा खरीदे जाते हैं, उसे 'स्वीकृत पूँजी' कहते हैं। इसे 'प्रदत्त पूँजी' भी कहते हैं।

Subsidies (अनुदान) : यह सहायता राशि है, जो सरकार द्वारा वहन की जाती है। अनुदान द्वारा सरकार लोगों को सस्ती दर पर वस्तुएँ उपलब्ध करा सकती है। करों में छूट अथवा अन्य किसी प्रणाली द्वारा सरकार शिशु अथवा दुर्बल उद्योगों की सहायता करती है, कभी-कभी उत्पादन लागत का एक भाग सरकार वहन करती है तथा ऊँची उत्पादन लागतवाले उद्योगों को राहत प्रदान करती है। यदि सरकार देश में निर्मित वस्तुओं के निर्यात को प्रोत्साहन देना चाहती है तो उन संस्थाओं या उद्योगों को अनुदान दे सकती है। उत्पादन लागत का एक भाग सरकार वहन करती है, जिससे वह वस्तु बाजार में सस्ती मिलती है। मान लीजिए, एक किताब का साधारण लागत मूल्य 3 रु. है, यह भी मान लीजिए कि सरकार उस किताब पर 1.50 रु. अनुदान प्रदान करती है और वह बाजार में 5.50 रु. में मिलती है। यह 1.50 रु. का भार सरकार वहन कर रही है। इस अनुदान के कारण सरकार के राजकोषीय घाटे (Fiscal Deficit) में वृद्धि होती है।

Subsidize Account (उपदान खाता) : अगस्त 1957 में मुद्रा कोष ने

यह खाता खोला था। इस खाते से उन गंभीर रूप से अप्रभावित गैर-तेल उत्पादक विकासशील देशों को अधिक सहायता दी जाती थी, जिन्होंने 'विशेष तेल सुविधा' के अंतर्गत ऋण ले रखे थे। इस खाते के लिए धन, विशेषकर तेल, उत्पादक एवं औद्योगिक देशों से एकत्रित किया गया था। तेल संकट से पीड़ित देशों को तेल सुविधा कोष से सहायता तो प्राप्त होती है, किंतु जब कोई सदस्य देश IMF से ऋण लेता है तो अपनी मुद्रा को देकर दूसरे देशों की मुद्रा अथवा SDR खरीदता है। सामान्यतः ऋण लेनेवाले देश को 3 से 5 वर्षों के बीच अपनी मुद्रा को पुनः क्रय करना पड़ता है। 'तेल सुविधा' के अंतर्गत यह अवधि 7 वर्ष तक है।

Substitution Effect (प्रतिस्थापन प्रभाव) : उपभोक्ता की आय स्थिर मानते हुए सापेक्षिक कीमतों में परिवर्तन के परिणामस्वरूप किसी वस्तु के उपयोग में परिवर्तन को प्रतिस्थापना प्रभाव कहा जाता है। जैसे—मान लीजिए, दो वस्तुएँ A तथा B में से A की कीमत घट जाती है तो उपभोक्ता की वास्तविक आय बढ़ जाएगी। इसे 'आय प्रभाव' कहते हैं। ऐसी स्थिति में उपभोक्ता A वस्तु का अधिक प्रयोग करेगा, अपेक्षाकृत B से अर्थात् वस्तु A का प्रतिस्थापन वस्तु B के स्थान पर करेंगे, इसे A 'प्रतिस्थापन प्रभाव' कहा जाता है।

Sui Generis (सुई जेनेरिस) : यह लैटिन भाषा का शब्द है—जिसका अर्थ है अपनी स्वयं की व्यवस्था (A System of its)। डंकल प्रस्ताव के अंतर्गत पादप विविधता संरक्षण (Plant Variety Protection) के लिए दो विकल्प दिए गए हैं—(1) बीजों का पेटेंट (Patenting of Seeds) तथा (2) प्रभावी सुई जेनेरिस संरक्षण का प्रावधान (The Provision of an effective sui Generis Protection)। पेटेंट प्रणाली के अंतर्गत पौधे की किस्म की सुरक्षा के लिए किसान अपनी उपज के एक भाग को आगामी फसल के बीज के रूप में प्रयोग नहीं कर सकता था तथा प्रत्येक बार उसे नया बीज उसके प्रजनक से ही खरीदना पड़ेगा। जबकि सुई जेनेरिस के तहत केवल बीजों का व्यापारिक क्रय-विक्रय

ही प्रतिबंधित है। किसान को अपनी फसल के एक भाग को आगामी फसलों के लिए बीज के रूप में प्रयोग करने पर कोई प्रतिबंध नहीं है।

Super - 301 (सुपर – 301) : यह संयुक्त राज्य अमेरिका का व्यापारिक कानून है। अगर कोई देश अमेरिकी व्यापारिक नियम का उल्लंघन करता है तो अमेरिका उस देश के खिलाफ 301 लागू कर व्यापारिक प्रतिबंध लगा देता है।

Supplementary Financing Facility (पूरक वित्तपोषण सुविधा) : यह भी सुविधा IMF द्वारा प्रदान की गई थी। इसकी स्थापना अगस्त 1977 में की गई थी। किंतु इसका प्रारंभ 23 फरवरी, 1979 को किया गया था। इसके अंतर्गत मुद्रा कोष साधारण वित्तीय साधनों के अलावा उन सदस्य देशों को पूरक वित्तीय सहायता देता है, जिनके व्यापार संबंधी भुगतान संतुलन में गंभीर घाटा उत्पन्न होता है। यह सुविधा बड़े पैमाने पर दीर्घकाल के लिए दी जाती है।

Suppressed Inflation (प्रतिबंधित मुद्रास्फीति) : जब मूल्य स्तर की वृद्धि पर मूल्य नियंत्रण, राशनिंग आदि नीतियों के द्वारा मूल्य स्तर में होनेवाली वृद्धि को रोका जाता है तो इसे 'प्रतिबंधित मुद्रास्फीति' कहते हैं।

Suppresed Inflation (छुपी हुई स्फीति) : See Open Inflation.

Surcharge (अधिभार) : उच्च आयों पर लगाया गया एक अस्थायी अतिरिक्त कर, जो कर पर भी कर लगाया जाता है, जैसे मान लीजिए, 60,000 रु. से अधिक की वार्षिक आय पर 10 प्रतिशत अधिभार लगता है, तो 65,000 रु. की वार्षिक आय पर अधिभार इस प्रकार होगा—

वार्षिक आय	कर	अधिभार
60,000 रु.	1,000	0
65,000 रु.	2,000	200

सन् 2000–01 के बजट के अनुसार 1.5 लाख से अधिक की वार्षिक आय पर 15 प्रतिशत अधिभार है।

Surplus Budget (अतिरेक बजट) : जब सरकार व्यय से अधिक आय का बजट बनाती है तो उसे 'अतिरेक बजट' कहते हैं।

Systematic Transformation Facility (क्रमबद्ध स्थानांतरण सुविधा) : यह सुविधा भुगतान संतुलन की गंभीर परिस्थितियों का सामना कर रहे देशों को सहायता पहुँचाने के लिए अंतरराष्ट्रीय मुद्राकोष (IMF) के द्वारा प्रारंभ की गई है। इसके अंतर्गत सदस्य देश अपने कोटे का 50 प्रतिशत तक अंतरराष्ट्रीय मुद्राकोष से धन की निकासी कर सकता है।

□

T

Take-off-Stage (उत्कृष्ट की अवस्था) : जब अर्थव्यवस्था इस स्थिति में पहुँच जाती है कि उसका विकास स्वतः होने लगता है तो उसे 'उत्कृष्ट अवस्था' कहते हैं। इसकी तुलना हवाई जहाज से की जा सकती है। जिस प्रकार हवाई जहाज का Pilot नीचे ही इतनी तेज रफ्तार कर देता है कि जहाज ऊपर स्वतः उड़ जाता है।

अर्थशास्त्री रोस्टोव के अनुसार—जब वृद्धि सामान्य स्थिति में आ जाती है तो आधुनिकीकरण की शक्तियाँ तथा संस्थाओं के विरुद्ध संघर्ष करने लगती है। परंपरागत समाज के मूल्य तथा रुचियाँ अड़चनों को पार करती हुई निर्णयात्मक ढंग से आगे बढ़ जाती हैं और समाज के ढाँचे में चक्रवृद्धि ब्याज निमिज्ञत हो जाता है। 'चक्रवृद्धि ब्याज' शब्दावली से रोस्टोव का अभिप्राय यह है कि आर्थिक वृद्धि सामान्य रूप से ज्यामितीय गुणोत्तर श्रेणी से बढ़ती है।

Tangible Assets (मूर्त संपत्तियाँ) : मूर्त संपत्तियाँ ऐसी संपत्तियाँ होती हैं, जिन्हें देखा तथा अनुभव किया जा सकता है। जैसे—भूमि, भवन, मशीनरी, माल रोकड़, फर्नीचर, मोटरगाड़ियाँ आदि।

Tangible Security (दृश्य अथवा मूर्त प्रतिभूति) : दृश्य प्रतिभूति में ऋण की वसूली प्रतिभूति बेचकर की जाती है। दृश्य प्रतिभूति में अंश (Shares), ऋणपत्र (Debentures), सरकारी प्रतिभूति, माल (Goods) एवं जीवन बीमा पॉलिसी आदि को सम्मिलित किया जाता है।

Tariff (टैरिफ) : विदेशी वस्तुओं पर जो आयात कर लगाया जाता है, उसे 'टैरिफ' कहते हैं।

Tariff Policy (तटकर नीति) : किसी देश के आयातों व निर्यातों पर लगाए गए करों से संबंधित नीति को 'तटकर नीति' कहते हैं। इसके मुख्यतः दो उद्देश्य हो सकते हैं—

1. सरकार के लिए आय की प्राप्ति।
2. घरेलू उद्योगों को विदेशी प्रतियोगिता से संरक्षण देना।

Tariffs (प्रशुल्क/तटकर) : इसका प्रयोग विकासशील तथा विकसित दोनों देशों में किया जाता है। संकुचित अर्थ में प्रशुल्क उन करों की सूची में है, जो किसी देश में विदेशों से आयातित वस्तुओं पर लगाए गए आयात करों से है। किंतु विस्तृत अर्थ में प्रशुल्क का अभिप्राय समस्त तटकरों से, जिनमें आयात कर, निर्यात कर एवं परिवहन कर (Transit Duty) शामिल किए जाते हैं—

1. आयात कर—यह कर वस्तुओं के आयात पर लगाए जाते हैं। वर्तमान में आयात कर ही सर्वाधिक लोकप्रिय है।
2. निर्यात कर—यह कर प्रथम उत्पादक देशों द्वारा या तो आय प्राप्त करने के लिए अथवा संरक्षण के उद्देश्य से लगाए जाते हैं।
3. परिवहन कर—यह कर उस माल पर लगाया जाता है, जब किसी देश से माल अपने गंतव्य स्थान को जाते समय किसी तीसरे देश से गुजरता है।

Tax (कर) : सरकार अपने खर्चों को चलाने के लिए जो लोगों से वसूल करती है, उसे 'कर' कहते हैं। डाल्टन के अनुसार कर किसी सार्वजनिक अधिकरण द्वारा लगाया गया एक अनिवार्य भुगतान है। कर का भुगतान नहीं करने पर वह दंड का अधिकारी है।

Tax Avoidance (कर परिहार) : कर अदायगी से बचने के लिए करदाता द्वारा कर नियमों का सहारा लेना 'कर परिहार' कहलाता है।

Tax Elasticity (कर लोच) : जब सरकार किसी कर के विस्तार या उसकी दरों में संशोधन करती है तो जनता उस पर प्रतिक्रिया व्यक्त करती है, जिसे 'कर लोच' कहते हैं।

Tax Evasion (कर अपवंचन) : कर अदायगी से बचने के लिए अवैध तरीकों का सहारा लेना अर्थात् कर अदायगी से अवैध रूप से बचना 'कर अपवंचन' कहलाता है, जिससे काले धन का निर्माण होता है।

Term Loans (सावधि ऋण) : सावधि ऋण या तो मध्यम अवधि या दीर्घ अवधि के लिए दिया जाता है। ऋण भुगतान की अवधि पहले से ही निर्धारित कर दी जाती है। ऋण के भुगतान के लिए अवधि के अनुसार मासिक या त्रैमासिक किस्तें निर्धारित कर दी जाती हैं। यह कृषि तथा उद्योगों की दीर्घकालीन आवश्यकताओं की पूर्ति हेतु दिए जाते हैं।

Tertiary Sector (तृतीयक क्षेत्र) : तृतीयक क्षेत्र का तात्पर्य सेवाओं से है। जैसे—इसमें व्यापार, परिवहन, संचार, बैंकिंग, बीमा, वास्तविक जायदाद व सामुदायिक तथा निजी सेवाएँ आदि को शामिल किया जाता है।

Third World (तीसरी दुनिया) : तीसरी दुनिया में ऐसे अल्प विकसित अथवा पिछड़े विकासशील देश आते हैं, जहाँ व्यापक निर्धनता (Mass Poverty) पाई जाती है। इसके अंतर्गत अफ्रीका, एशिया तथा अमेरिका के कुछ देश आते हैं।

Tied Aid (शर्तयुक्त ऋण) : वैसा ऋण जिसमें प्रणदाता ऋण प्राप्तकर्ता को किसी विशेष परियोजनाओं में व्यय करने हेतु ऋण देता है, तो उसे 'शर्तयुक्त ऋण' कहते हैं।

Time Deposits (सावधि जमा) : सावधि जमाओं के अंतर्गत उन समस्त जमा राशियों को सम्मिलित किया जाता है, जो एक निर्धारित अवधि के

लिए बैंक के पास जमा की जाती हैं। यह जमा राशि विनिर्दिष्ट अवधि समाप्त होने पर देय (Repayable) होती हैं। बैंक ऐसी जमाराशियों पर अपेक्षाकृत ऊँची दर पर ब्याज देता है। इस प्रकार के जमा बैंकों द्वारा प्राय: सावधि जमा खाते (Fixed Deposit Account) तथा आवर्ती जमा खाते (Recurring Deposit Account) में स्वीकार किए जाते हैं।

Time Lability (समय देयता) : बैंकों की वह देयता, जो बैंक के पास एक निश्चित अवधि के लिए जमा है, उस अवधि से पहले जमाकर्ता को भुगतान नहीं किया जाएगा और यदि परिपक्वता अवधि से पहले भुगतान लेना चाहता है, तो उसके लिए जमाकर्ता को बैंक को पूर्व सूचना देनी होगी। इसमें (Fixed Deposits) की राशि आती है, जो बैंक के पास एक निश्चित अवधि के लिए जमा की जाती है।

Tobin Tax (टोबिन कर) : अर्थशास्त्र के नोबेल पुरस्कार के विजेता प्रो. जेम्स टोबिन ने सन् 1978 में विदेशी मुद्रा बाजार में समस्त लेन-देनों पर कर लगाने का सुझाव दिया था। प्रो. टोबिन का विचार था कि विदेशी मुद्राओं में होने वाले लेन-देन प्राय: सट्टा (Speculation) व अंतरराष्ट्रीय ब्याज दरों में अंतर से लाभ कमाने की प्रवृत्ति से संबंधित होते हैं। ऐसे लेन-देन पर कर लगाकर पर्याप्त संसाधन सृजित किए जा सकते हैं। प्रो. टोबिन के नाम से चर्चित इस कर को ही 'टोबिन कर' कहा जाता है।

Token Money (प्रतीक अथवा सांकेतिक मुद्रा) : जो मुद्रा प्राय: छोटे-छोटे भुगतानों में प्रयुक्त की जाती है। यह मानक किस्म की धातुओं से बनाई जाती है, जैसे—ताँबा, गिल्ट, निकिल आदि। इस मुद्रा का अंकित मूल्य यथार्थ अथवा धात्विक मूल्य से अधिक होता है। प्रतीक सिक्कों को 'सीमित विधि ग्राह्य मुद्रा' भी कह सकते हैं।

Total Fertility Rate (कुल प्रजननता दर) : इसका अभिप्राय विभिन्न आयु व विशिष्ट प्रजननता दरों के योग से होता है। इससे यह जानकारी

प्राप्त की जाती है कि प्रजनन योग्य काल (15-49 वर्ष) में 100 स्त्रियों द्वारा जन्मित शिशुओं की कुल प्रत्याशित संख्या क्या होगी?

Total Revenue (कुल आगम) : कोई फर्म उत्पादन की एक निश्चित मात्रा को बेचकर, जो कुल धनराशि प्राप्त करती है, उसे 'कुल आगम' कहते हैं। मान लीजिए, फर्म 5 इकाइयों को बेचकर 30 रु. प्राप्त करती है तो कुल आगम 30 रु. होगा। दूसरे शब्दों में हम यह कह सकते हैं कि—
कुल आगम = वस्तु की मात्रा (Quantity) × कीमत (Price)

Trade Circle (व्यापार चक्र) : किसी भी अर्थव्यवस्था में आर्थिक गतिविधियों में बारी-बारी से उतार-चढ़ाव होना, जिससे तेजी और मंदी की स्थिति उत्पन्न होती रहती है, उसे 'व्यापार चक्र' कहते हैं।

Trade Discount (व्यापारिक कटौती या बट्टा) : विक्रेता अपनी मूल्य-सूची में दिए हुए मूल्य से कुछ कम मूल्य पर माल ग्राहक को बेचता है, तो इस प्रकार जितना मूल्य कम होता है, उसे 'व्यापारिक कटौती' कहते हैं। इसका उद्देश्य विक्रय वृद्धि करना होता है। इस राशि का लेखांकन नहीं किया जाता।

Treasury Bills (कोषागार विपत्र) : प्राय: सरकार अपनी अल्पकालीन वित्तीय आवश्यकताओं की पूर्ति के लिए जनता से अल्पकालीन ऋण, ट्रेजरी बिल्स जारी करके प्राप्त करती है। ये बिल्स प्राय: 3 या 6 माह की अवधि के होते हैं और इनकी अवधि समाप्त होने पर सरकार इन बिलों का भुगतान कर देती है। ट्रेजरी विपत्र बेचने के लिए सरकार लोगों से तथा वित्तीय संस्थाओं से टेंडर आमंत्रित करती है। जिसमें न्यूनतम ब्याज तथा बट्टे की दर की माँग की जाती है। उसे ही सरकार स्वीकार करती है। तत्पश्चात् स्वीकृत टेंडर वाले को निश्चित रकम के बदले सरकार कोषागार विपत्र दे देती है। स्मरण रहे कि कोषागार विपत्र खरीदनेवाली संस्था बट्टे या ब्याज की दर को काटकर ही सरकार को कोषागार विपत्र का मूल्य चुकाती है। Treasury Bills परिपक्व हो जाने पर उनका भुगतान

सरकार द्वारा बराबर मूल्य (Par Value) पर कर दिया जाता है।

उदाहरणार्थ—मान लीजिए, सरकार 100 रु. का कोषागार विपत्र बिल बेचती है, तो क्रय करनेवाली संस्था सरकार को 100 रु. में से बट्टा काटकर शेष राशि देगी।

□

U

Under-employment (अल्प बेरोजगारी) : ऐसी स्थिति जिसमें श्रमिकों को उसकी आवश्यकता और क्षमता के अनुसार कार्य नहीं मिल पाता या पूरा काम नहीं मिल पाता, इसमें कृषि में लगे श्रमिक भी आते हैं। जिन्हें करने के लिए काम कम मिलता है।

Unearned Imcome (अनुपार्जित आय) : चालू वर्ष के दौरान जिस मुद्रा को प्राप्त नहीं किया जाता, उसे 'अनुपार्जित आय' कहते हैं। जैसे—ब्याज, लाभांश आदि।

Unemployment (बेरोजगारी) : जब कोई श्रमिक प्रचलित मजदूरी दर पर काम करने के लिए तैयार हो, किंतु उन्हें कार्य करने का अवसर नहीं मिल पा रहा हो, उसे 'बेरोजगारी' कहते हैं। वास्तव में यह वह स्थिति है, जिसमें प्रतिभा पलायन, भ्रष्टाचार इत्यादि अनेक सामाजिक तथा आर्थिक बुराइयाँ पनपती हैं।

Unit Banking (इकाई बैंकिंग) : इसके अंतर्गत एक बैंक का कार्य साधारणतया एक ही कार्यालय तक सीमित रहता है। यद्यपि एक सीमित क्षेत्र में ये बैंक अपनी कुछ शाखाएँ भी स्थापित कर लेते हैं। इकाई बैंकिंग प्रणाली अमेरिका में अधिक लोकप्रिय है। वहाँ पर बड़े-बड़े बैंक विभिन्न नगरों में शाखाएँ नहीं खोलते, बल्कि वहाँ पर तो हजारों की संख्या में विभिन्न नगरों में छोटे-छोटे बैंक होते हैं और ये बैंक सभी प्रकार के बैंकिंग कार्यों को संपन्न करते हैं।

Unit Trust of India (UTI) (यूनिट ट्रस्ट ऑफ इंडिया) : यह एक

सांविधिक विनियोजक संस्था है। देश के निम्न तथा मध्यम आय वर्ग की लघु बचतों को देश के औद्योगिक विकास हेतु सदुपयोग करने के उद्देश्य से भारतीय संसद् के एक प्रस्ताव द्वारा इसकी स्थापना 1 फरवरी, 1964 को भारतीय यूनिट अधिनियम सन् 1963 के अंतर्गत की गई थी। एक ओर तो यह जनता में बचत करने की प्रवृत्ति को बढ़ाता है और देश के औद्योगिक विकास के लिए वित्त प्रबंध करता है। यह अपनी विभिन्न यूनिट योजनाओं के अंतर्गत अपने यूनिटों की बिक्री करके जनता से बचत राशियाँ एकत्रित करता है। जिसके बदले में बचतकर्ता को उचित एवं आकर्षक ब्याज, लाभांश तथा अन्य पुरस्कार प्रदान करता है। यह यूनिट एक प्रकार की नकद राशि ही है, क्योंकि इनके क्रेता जब चाहे उनकी बिक्री करके नकद प्राप्त कर सकते हैं। स्मरणीय बात यह है कि ट्रस्ट का निवेश परिवर्तनशील आयवाली प्रतिभूतियों तथा स्थिर आयवाली प्रतिभूतियों के बीच संतुलित है।

Universal Banking (यूनिवर्सल बैंकिंग) : वित्तीय संस्थान या बैंक (निजी/सार्वजनिक) को Human Resources, Technological Resources और Ownership Pattern से एक विश्वव्यापी स्तर पर ऊँचा उठाना ही 'विश्वव्यापी बैंकिंग' कहलाता है। Universal Standard पर ध्यान रखने के लिए उसे (संस्था को) निजी अधिकार ज्यादा देने चाहिए ताकि स्वतंत्र रूप से अपने विवेक से नई-नई तकनीक का प्रयोग कर विकास करे। कहने का मतलब यह हुआ कि वह निजी या सार्वजनिक क्षेत्र कोई भी हो, उसके पदाधिकारी को विशेषाधिकार दिया जाना चाहिए ताकि स्वतंत्र रूप से कार्य कर सके।

Unlimited Legal Tender (असीमित वैध मुद्रा) : वह मुद्रा जिसे कोई भी व्यक्ति किसी भी सीमा तक एक ही बार में भुगतान स्वीकार करने से इनकार नहीं कर सकता। कहने का मतलब यह है कि यह मुद्रा असीमित मात्रा में जनता द्वारा स्वीकार की जाती है। यदि कोई व्यक्ति असीमित मात्रा में स्वीकार करने से इनकार करता है तो सरकार उसके

विरुद्ध कानूनी काररवाई कर सकती है। जैसे—भारत में 50 पैसे तथा इससे ऊपर के रुपए एवं सिक्के।

Untied Aid (गैर-शर्तयुक्त ऋण) : वैसा ऋण जिसमें किसी भी प्रकार की कोई शर्त आरोपित नहीं की जाती। प्राप्तकर्ता इस ऋण का प्रयोग अपनी इच्छानुसार करता है।

Urban Unemployment (शहरी बेरोजगारी) : शहरी क्षेत्र में प्राय: खुले किस्म की बेरोजगारी पाई जाती है, उसे ही हम 'शहरी बेरोजगारी' कहते हैं।

Usual Status (सामान्य स्थिति बेरोजगारी) : इसके अंतर्गत दीर्घकाल के लिए लोगों की रोजगारी संबंधी स्थिति दरशाई जाती है। व्यक्तियों की संख्या के रूप में यह बेरोजगारी मापी जाती है अर्थात् ऐसे व्यक्ति, जो पूरे वर्ष के दौरान बेरोजगार ही हों, यह प्रमाप विशेषकर उन व्यक्तियों के लिए महत्त्व रखता है, जो नियमित रोजगार की तलाश में रहते हैं। शिक्षित एवं कुशल व्यक्ति इसके अच्छे उदाहरण हैं। इसी कारण इसे 'खुली बेरोजगारी' (Open Unemployment) भी कहा जाता है।

□

Variable Cost (परिवर्तनशील लागत) : वे लागतें जिनकी पूर्ति शीघ्रता से अल्पकाल में परिवर्तनशील होती है अर्थात् उत्पादन के घटने या बढ़ने से ये लागतें भी घटेंगी या बढ़ेंगी। यदि उत्पादन अस्थायी रूप से बंद हो जाता है अर्थात् उत्पादन की मात्रा शून्य हो जाती है, तो परिवर्तनशील लागतें भी शून्य हो जाती हैं, जैसे—कच्चा माल, सामान्य श्रमिकों की मजदूरियाँ, ईंधन, बिजली एवं परिवहन आदि मदों पर किया गया व्यय। कहने का मतलब यह हुआ कि यदि फर्म उत्पादन की मात्रा में वृद्धि करने का निर्णय लेती है, तो उसे कच्चे माल, ईंधन, विद्युत शक्ति, परिवहन एवं मजदूरियों पर पहले की अपेक्षा अधिक व्यय करना होगा। इसे प्रत्यक्ष लागतें (Direct), प्रधान लागतें (Primes) विशेष लागतें (Special) भी कहते हैं।

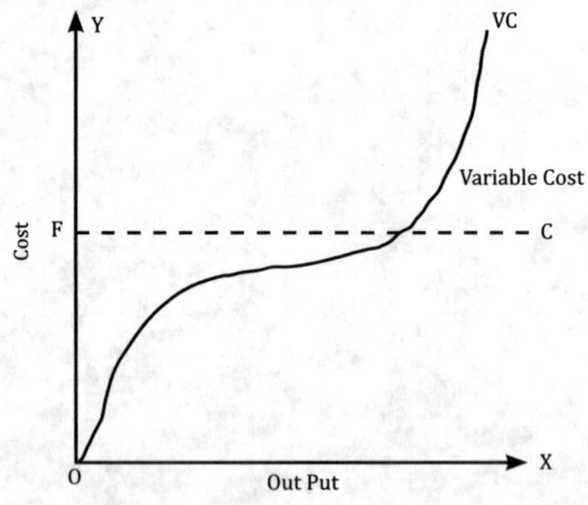

O बिंदु पर उत्पादन शून्य है तो परिवर्तनशील लागत भी शून्य है, क्योंकि VC रेखा 'O' से निकलती हुई दिखाई देती है।

Veblen Effect (वेबलेन प्रभाव) : ऐसी स्थिति जिससे उपभोक्ता उस वस्तु की कीमत के आधार पर उसकी गुणवत्ता निर्धारित करता है अर्थात् उच्च कीमत वाली वस्तु की गुणवत्ता उच्च और कम कीमतवाली वस्तु की गुणवत्ता कम का द्योतक है।

Vicious Circle of Poverty (गरीबी के विषैले चक्र) : जिसके द्वारा उत्पादकता तथा आय उत्पादन के बीच के संबंध को बताया जाता है, उसे 'गरीबी के विषैले चक्र' कहते हैं।

Vicious Circle of Poverty (निर्धनता का दुश्चक्र) : 'निर्धनता के दुश्चक्र' का तात्पर्य विभिन्न शक्तियों के वर्तुल नक्षत्र (Circular

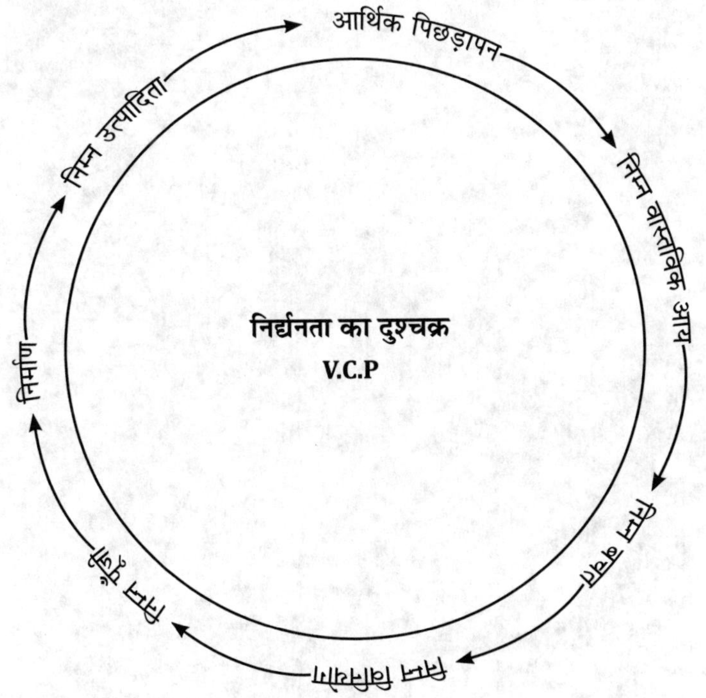

Constellation of forces) से है, जो एक-दूसरे पर इस प्रकार क्रिया तथा प्रतिक्रिया करती है कि निर्धन देश में निर्धनता की परिस्थिति बनी रहती है। जैसे—एक गरीब आदमी के पास खाने को पर्याप्त भोजन उपलब्ध न हो, आधा पेट खाने के कारण उसका स्वास्थ्य निर्बल हो सकता है, जिस कारण उसकी कार्य करने की क्षमता कम हो जाती है, जिससे आय कम होती है। परिणाम यह होता है कि वह गरीब ही रहता है। फिर उसे पर्याप्त भोजन नहीं मिलेगा और यह क्रम ऐसे ही चलता रहेगा। पूरे देश से संबंध रखनेवाली इस प्रकार की स्थिति को हम इस घिसे-पिटे कथन द्वारा अभिव्यक्त कर सकते हैं कि 'कोई देश इसलिए गरीब है, क्योंकि वह गरीब है।'

□

Wage Freeze (वेज फ्रीज) : उच्च स्तर पर पहुँचकर मजदूरों की मजदूरी में वृद्धि करना समाप्त कर दिया जाता है, तो उस स्थिति को ही 'वेज फ्रीज' कहते हैं।

Wages (मजदूरी) : राष्ट्रीय आय का वह हिस्सा, जो श्रमिकों को अनेक परिश्रम के लिए दिया जाता है अर्थात् श्रम के प्रयोग के लिए दी गई कीमत (Price) 'मजदूरी' कहलाती है। श्रम शारीरिक अथवा मानसिक हो सकता है।

Wealth (धन) : प्राय: किसी व्यक्ति के पास वस्तुओं और सेवाओं के मूल्यों को 'धन' कहते हैं। किंतु स्मरण रहे कि अर्थशास्त्र में धन वही कहला सकता है, जिसमें उपयोगिता, दुर्लभता, विनिमय साद्यता, हस्तांतरणीयता तथा बाध्यता का गुण विद्यमान हो।

Wealth Tax (संपत्ति कर) : संपत्ति कर वह कर है, जो किसी व्यक्ति, व्यापारिक कंपनी एवं निगमों की संपत्ति, धन अथवा पूँजी के कुल मूल्य पर वार्षिक रूप से लगाया जाता है। प्रो. काल्डर के सुझावों पर भारत में संपत्ति कर सर्वप्रथम सन् 1957 में लगाया गया था।

Welfare Economics (कल्याणवादी अर्थशास्त्र) : अर्थशास्त्र की वह शाखा, जो उत्पादन तथा वितरण की कुशलता के संबंध में अध्ययन करती है, उसे 'कल्याणवादी अर्थशास्त्र' कहते हैं।

Wholesale Price Index (WPI) (थोक मूल्य सूचकांक) : यह स्फीति

की माप की एक विधि है, सूचनाओं को बनाते समय वस्तुओं की थोक कीमतों को लिया जाता है और इन वस्तुओं को उनके महत्त्वों के अनुसार भाड़ा (Weight) प्रदान किया जाता है। मुद्रा की क्रय शक्ति में होनेवाले परिवर्तनों को मापने के लिए प्राय: 'थोक मूल्य सूचकांक' का ही प्रयोग किया जाता है। भारत में थोक मूल्य सूचकांक केंद्रीय सांख्यिकीय संगठन (C-S-O) द्वारा तैयार किया जाता है। इसका आधार सन् 1993-97 है।

Wind Fall Profits (आकस्मिक लाभ) : आकस्मिक घटना, अवसर अथवा भाग्य के कारण अचानक अतिरिक्त लाभ प्राप्त हो जाते हैं, जिन्हें 'आकस्मिक लाभ' कहते हैं।

उदाहरणार्थ—अचानक युद्ध छिड़ जाने की स्थिति में किसी वस्तु की कमी के कारण मूल्य बढ़ जाता है और ऐसी स्थिति में उन व्यापारियों को, जिनके पास उस वस्तु का स्टॉक है, उससे बहुत अधिक लाभ प्राप्त होते हैं, जिन्हें हम 'आकस्मिक लाभ' कहते हैं। यदि भाग्यवश किसी को लॉटरी या इनाम में 1 लाख रु. मिल जाता है तो यह भी आकस्मिक लाभ कहलाएगा।

Work Participation Rate (कार्य सहभागिता दर) : कुल जनसंख्या के प्रतिशत के रूप में कुल श्रमिकों का प्रतिशत ही 'कार्य सहभागिता दर' कहलाता है। सन् 1991 की जनगणना के अनुसार भारत में कार्य सहभागिता दर 37.46 प्रतिशत है अर्थात् कुल जनसंख्या के प्रतिशत के रूप में कुल श्रमिक 37.46 प्रतिशत है।

Working Capital (कार्यशील पूँजी) : किसी उद्यम की वर्तमान परिसंपत्तियाँ (Assets) जो दीर्घकालीन वित्तीय स्रोतों से उपलब्ध की गई हैं।

□

Z

Zero Base Budgeting (शून्य आधार बजट व्यवस्था) : इसकी नव क्रिया पीटर पीर (Peter Pyhrr) द्वारा सन् 1970 के दशक के प्रारंभ में निगमीय औद्योगिक संगठनों के लिए डिजाइन की गई। संयुक्त राज्य अमेरिका के राष्ट्रपति बनने के बाद इसका प्रयोग जिम्मी कार्टर ने सन् 1979 के बजट के निर्माण में किया। तत्पश्चात् विभिन्न सरकारों ने अपनी स्थानीय आवश्यकता के अनुसार इसे अपनाया। शून्य आधारित बजट का तात्पर्य बिलकुल नए सिरे से बजट तैयार करना होता है।

यह व्यवस्था प्रत्येक व्यय के मद के औचित्य पर बल देती है। इसके अंतर्गत भूतकाल को गौण कर वर्तमान को एक तख्ती समझकर प्रत्येक विभाग को बिना आधार का काम करना होगा। इसी कारण इस प्रक्रिया को 'शून्य आधार बजट' कहते हैं। इसके विशेष तीन निम्नलिखित लक्षण हैं—

(क) क्या हमें खर्च करना चाहिए?

(ख) हमें कितना खर्च करना चाहिए?

(ग) हमें कहाँ खर्च करना चाहिए?

शून्य आधार बजट की कई सीमाएँ भी हैं—

प्रथमतया—भारत में राष्ट्रपति, लोकसभा अध्यक्ष, उपाध्यक्ष, राज्यसभा के अध्यक्ष एवं उपाध्यक्ष हैं। सर्वोच्च न्यायालय और उच्च न्यायालय के न्यायाधीश संसद् के वोट के बाहर हैं। अतः इन पर यह पद्धति लागू नहीं की जा सकती।

द्वितीयक—कुछ सार्वजनिक सेवाओं पर यह लागू नहीं किया जा सकता है। जैसे—रक्षा, कानून और व्यवस्था, विदेशों के साथ मैत्रीपूर्ण संबंध बनाए रखना कुछ ऐसी ही सेवाएँ हैं, जो इस पद्धति के अधीन नहीं लाई जा सकतीं।

उदाहरणार्थ—यदि यह प्रश्न पूछा जाए कि भारत की उत्तरी सीमा पर खर्च क्यों किया, जबकि हिमालय उसकी रक्षा करता है ? निश्चित रूप से ऐसे प्रश्नों की अर्थहीनता भारत पर चीनी आक्रमण के दौरान महसूस की गई। स्पष्ट है कि कुछ ऐसे प्रश्न भी हैं, जिन्हें इस पद्धति की परिधि में नहीं लाया जा सकता। यह कहना अनौचित्य नहीं होगा कि यह व्यवस्था एक दीर्घकालीन बजटीय सुधार है, जिसे कई वर्षों में क्रमिक रूप से फैलाना होगा।

Zero Bounds (जीरो बॉण्ड्स) : यह एक ऐसा ऋणपत्र है, जिस पर कंपनी कोई ब्याज नहीं देती है तथा प्राय: एक निश्चित समय के बाद इक्विटी शेयर में बदल दिया जाता है। इस प्रकार के बॉण्ड जारी करके कंपनियाँ पूँजी बाजार से पूँजी जुटाती हैं। इस बॉण्ड के बदले बॉण्ड धारक को कंपनी का शेयर अपेक्षाकृत कम प्रीमियम राशि पर दिया जाता है। इस प्रकार शेयरों में परिवर्तित करते समय उस पर बाजार प्रीमियर की राशि तथा बॉण्ड धारक से प्राप्त की जानेवाली प्रीमियम की राशि का अंतर ही एक प्रकार से जीरो बॉण्ड में विनियोजित राशि का ब्याज बताया जा सकता है।

Zero Budgetling (शून्य बजट) : सन् 1985 में भारतीय बजट में सर्वप्रथम शून्य आधार बजट की अवधारणा यह व्यवस्था करती है कि गैर-योजना बजट के कोष को पूर्व योजनाओं के प्रावधानों से अलग करके देखा जाए और उस मद का पुनर्मूल्यांकन करके नए सिरे से उसके लिए धन की व्यवस्था की जाए। इस व्यवस्था का उद्देश्य उन योजनाओं के अतिरिक्त वित्त जारी रखने के बजाय समाप्त कर देना है, जिनका महत्त्व समाप्त हो चुका हो या अब वे अप्रासंगिक हो चुके हों।

Zero Net Aid (शून्य शुद्ध अनुदान) : जब किसी देश की अर्थव्यवस्था आत्मनिर्भर हो जाती है अर्थात् उसे किसी विदेशी आर्थिक सहायता की आवश्यकता नहीं होती, तो वह 'शून्य शुद्ध अनुदान' कहलाती है।

□

महत्त्वपूर्ण अंतरराष्ट्रीय संगठन

अंतरराष्ट्रीय पुनर्निर्माण एवं विकास बैंक (विश्व बैंक)

IBRD अंतरराष्ट्रीय मुद्राकोष (IMF)

स्थापना वर्ष—दिसंबर 1945

मुख्यालय—वाशिंगटन डी.सी.

सदस्य—181 (30 अप्रैल, 1996)

व्याख्या—IMF और IBRD (World Bank) का जन्म संयुक्त राष्ट्रसंघ के मौद्रिक एवं वित्तीय सम्मेलन का परिणाम है, जो 1 जुलाई, 1944 से लेकर 22 जुलाई, 1944 तक अमेरिका में 'ब्रेटनवुड्स' नामक स्थान पर इन दोनों संस्थाओं से संबंधित अनुच्छेदों को अंतिम रूप देने के लिए हुआ था। 44 राष्ट्रों ने इस सम्मेलन में भाग लिया था, जिसमें भारत भी सम्मिलित था। भारत मुद्राकोष का मौलिक सदस्य है, क्योंकि भारत ने 31 दिसंबर, 1995 से पहले ही कोष की सदस्यता स्वीकार कर ली थी।

विश्व बैंक के उद्देश्य—

1. सदस्य राष्ट्रों को आर्थिक पुनर्निर्माण एवं विकास हेतु उन्हें दीर्घकालीन पूँजी उपलब्ध कराना।
2. पूँजी के निवेश के लिए गारंटी देना।
3. अंतरराष्ट्रीय व्यापार को प्रोत्साहन देना।
4. शांतिकालीन अर्थव्यवस्था की परिस्थितियाँ उत्पन्न करना।

IMF के उद्देश्य—

1. अंतरराष्ट्रीय मौद्रिक सहयोग को प्रोत्साहित करना।
2. विदेशी विनिमय दरों में स्थिरता स्थापित करना।
3. अंतरराष्ट्रीय व्यापार को प्रोत्साहन देना।
4. अंतरराष्ट्रीय भुगतानों के अंतर को दूर व कम करना।
5. सदस्य देशों के प्रतिकूल भुगतान संतुलन को ठीक करने के लिए आर्थिक सहायता प्रदान करना।

इस प्रकार यह स्पष्ट है कि दोनों के माध्यम से अंतरराष्ट्रीय आर्थिक सहयोग की भावना को बल मिला है, फिर भी दोनों में अंतर है कि विश्व बैंक द्वारा सदस्य राष्ट्रों में संतुलित आर्थिक विकास प्रोत्साहित करने हेतु मध्यकालीन एवं दीर्घकालीन ऋण उपलब्ध कराया जाता है, जबकि अंतरराष्ट्रीय मुद्राकोष द्वारा अल्पकालीन ऋण उपलब्ध कराया जाता है।

Third Window (तृतीय झरोखा)

स्थापना वर्ष—21 जुलाई, 1975

व्याख्या—विश्व बैंक और अंतरराष्ट्रीय विकास संघ से जो वित्तीय सहायता मिलती थी, वह अत्यंत अपर्याप्त थी। अतः इस सहायता में वृद्धि करने के लिए World Bank और IDA ने मिलकर मध्यवर्ती वित्त सुविधा (Inter Mediate Financing Facility) का श्रीगणेश किया, जिसे 'तृतीय झरोखा' (Third Window) की संज्ञा दी गई।

इस खिड़की की वित्त व्यवस्था हेतु अलग से एक विशेष अनुदान खाता (Special Subsidy Account - SSA) स्थापित किया गया था। इस खाते में सदस्य देशों से प्राप्त अंशदान डाले जाते थे और उन्हीं से विकासशील देशों को ऋण दिए जाते थे। इस प्रकार खाता अलग भी खोल दिया गया था। इसी खाते से ऋणी विकासशील देशों को ऋणों पर ब्याज चुकाने हेतु आर्थिक सहायता दी जाती थी।

International Development Assoiation (IDA)
(अंतरराष्ट्रीय विकास संघ)

स्थापना वर्ष—16 सितंबर, 1960

सदस्य—159 (30 जून, 1995)

व्याख्या—विश्व बैंक कठोर शर्तों पर ऋण देता है। अतः यह अनुभव किया गया कि अल्प विकसित देशों को आसान शर्तों पर ऋण देने के लिए किसी नई संस्था की स्थापना की जाए। इसकी स्थापना का मुख्य उद्देश्य विकासशील राष्ट्रों को आसान शर्तों पर दीर्घकालीन ऋण प्रदान करना है। ये ऋण ब्याजमुक्त होते हैं तथा ऋणों के भुगतान की अवधि 50 वर्ष की होती है। यदि ब्याज लेता भी है, तो एकदम कम दर पर।

International Finance Corporation (IFC)
(अंतरराष्ट्रीय वित्त निगम)

स्थापना वर्ष—21 जुलाई, 1956

सदस्य—168 (1995)

व्याख्या—यह निगम विकासशील देशों में निजी उद्योगों के लिए बिना सरकारी गारंटी के धन की व्यवस्था करता है तथा अतिरिक्त पूँजी निवेश द्वारा उन्हें प्रोत्साहित करता है। इसका मुख्य कार्य विकासशील देशों के निजी क्षेत्र को सहायता प्रदान करना है।

IFC के उद्देश्य—

1. निजी क्षेत्र को ऋण देना (सरकार अथवा केंद्रीय बैंक की गारंटी पर)।
2. पूँजी तथा प्रबंध में समन्वय स्थापित करना।
3. पूँजी प्रधान देशों को अभाववाले देशों में पूँजी लगाने के लिए प्रोत्साहित करना।

World Trade Organisation (WTO) (विश्व व्यापार संगठन)

स्थापना वर्ष—सन् 1995

मुख्यालय—जेनेवा

सदस्य—154

व्याख्या—WTO की स्थापना पूर्ववर्ती गैट (GATT) की उरुग्वे चक्र की लंबी वार्त्ता के परिणामस्वरूप हुई थी।

WTO के उद्‌देश्य—

1. जीवन स्तर में वृद्धि करना।
2. वस्तुओं के उत्पादन और व्यापार का प्रचार करना।
3. विश्व के संसाधनों का अनुकूलतम उपयोग करना।
4. पर्यावरण का संरक्षण एवं उसकी सुरक्षा करना।

WTO के कार्य—

1. विश्व व्यापार समझौते एवं बहुपक्षीय समझौते के कार्यान्वयन, प्रशासन एवं परिचालन हेतु सुविधाएँ प्रदान करना।
2. व्यापार नीति समीक्षा प्रक्रिया से संबंधित नियमों एवं प्रावधानों को लागू करना।
3. विश्व के संसाधनों का समुचित प्रयोग करना।
4. विवादों के निपटारे से संबंधित नियमों एवं प्रक्रियाओं को प्रशासित करना।

European Free Trade Association (EFTA)
(यूरोपीय मुक्त व्यापार संघ)

स्थापना वर्ष—मई 1960

मुख्यालय—जेनेवा

व्याख्या—इसकी स्थापना स्टॉकहोम में सात देशों—ब्रिटेन, ऑस्ट्रिया, डेनमार्क, नॉर्वे, स्वीडन, स्विट्जरलैंड तथा पुर्तगाल द्वारा की गई थी। इन सात देशों को 'आउटर सेविन' के नाम से जाना जाता था।

EFTA के उद्देश्य—ग्यारह सदस्य राष्ट्रों में परस्पर व्यापार के लिए कस्टम ड्यूटी तथा अन्य करों में धीरे-धीरे कटौती करना और विश्व व्यापार को बढ़ावा देना है।

Organisation of the Petroleum Exporing Countries (OPEC) (पेट्रोलियम निर्यातक देशों का संगठन)

स्थापना वर्ष—सन् 1960

सदस्य—12

मुख्यालय—वियना (ऑस्ट्रिया)

व्याख्या—यह संगठन बगदाद में स्थापित किया गया था। इसके सदस्य देश—ईरान, इराक, कुवैत, सउदी अरब तथा वेनेजुएला थे। इसकी सदस्यता उन राष्ट्रों के लिए है, जो पर्याप्त मात्रा में अशोधित तेल निर्यात करते हैं तथा जिनके हित इन देशों के हितों से मिलते-जुलते हैं। सन् 1992 से इक्वाडोर ने इस संगठन की सदस्यता त्याग दी थी।

इसके सदस्य देश हैं—अल्जीरिया, गैबॉन, इंडोनेशिया, ईरान, इराक, कुवैत, लीबिया, नाइजीरिया, कतर, सउदी अरब, यूनाइटेड अरब अमीरात तथा वेनेजुएला।

OPEC के उद्देश्य—

1. तेल कीमतों को स्थिरता प्रदान करना।
2. तेल की अधिक कीमत प्राप्त करना तथा समय-समय पर इनके हित संवर्धन के लिए नीति निर्धारण करना।

Association of South-East Asian Nations (ASEAN) (दक्षिण-पूर्वी एशियाई राष्ट्रों का संघ)

स्थापना कार्य—8 अगस्त, 1967

सदस्य—7

व्याख्या—यह एशियाई राष्ट्रों का संघ है। इंडोनेशिया, फिलीपींस, मलेशिया, सिंगापुर तथा थाईलैंड ने एक प्रादेशिक संगठन के रूप में इसका गठन किया। सन् 2003 तक एशियन राष्ट्रों के बीच एक स्वतंत्र व्यापार क्षेत्र 'आफ्टा' की स्थापना की योजना है।

ASEAN के उद्देश्य—इसका उद्देश्य दक्षिण-पूर्व एशिया में आर्थिक सहयोग द्वारा प्रगति करना तथा आर्थिक स्थायित्व को बनाए रखना है।

प्रत्येक सदस्य देश की राजधानी में इसका एक सचिव रहता है। इसका केंद्रीय सचिवालय जकार्ता में है।

South Commission (दक्षिण आयोग)

मुख्यालय—जेनेवा (2 अक्तूबर, 1987)

व्याख्या—यह निर्गुट आंदोलन द्वारा स्थापित किया गया है, जिसका मुख्य उद्देश्य अंतरराष्ट्रीय वित्तीय संस्थाओं और ऋणदाता राज्यों द्वारा लागू की गई भेदभावपूर्ण नीतियों से तीसरी दुनिया के राष्ट्रों का हित संरक्षण करना है।

North American Free Trade Agreement (NAFTA) (उत्तर अमेरिकी मुक्त व्यापार समझौता)

12 अगस्त, 1992 को संयुक्त राज्य अमेरिका, कनाडा, मैक्सिको के बीच एक त्रिपक्षीय समझौता हुआ, जिसके अंतर्गत उत्तरी अमेरिका महाद्वीप को एक मुक्त व्यापार क्षेत्र घोषित करने का निर्णय लिया गया। यह समझौता 'उत्तरी अमेरिकी मुक्त व्यापार समझौता' के नाम से जाना जाता है।

निःसंदेह इसकी स्थापना में अमेरिका की महत्त्वपूर्ण भूमिका है। अमेरिका

तथा कनाडा के मध्य तो पहले से ही मुक्त व्यापार हो रहा था। श्रम और पूँजी का आवागमन बना हुआ था, किंतु इस प्रकार की सुविधा मैक्सिको को नहीं थी। अत: इस सुविधा के लाभ का प्रलोभन दिखाकर अमेरिका ने नाफ्टा की स्थापना की, इसके लिए 'क्षेत्रिय मूल के नियम' का प्रतिपादन किया गया। इस नियम के अनुसार किसी क्षेत्र विशेष के आर्थिक संसाधनों का प्रयोग उस क्षेत्र के व्यक्तियों के आर्थिक विकास के लिए ही किया जाना चाहिए। अत: इस नियम के माध्यम से अमेरिका महाद्वीप के आर्थिक संसाधनों का उपयोग साझा रूप से इस क्षेत्र के विकास के लिए बेहतर ढंग से किया जा सकता है।

Asia-Pacific Economic Co-Operation (APEC) (एशिया प्रशांत आर्थिक सहयोग)

स्थापना वर्ष—सन् 1989

सदस्य—15

सदस्य देश निम्नलिखित हैं—ऑस्ट्रेलिया, अमेरिका, कनाडा, मैक्सिको, जापान, चीन, हांगकांग, ताइवान, दक्षिण कोरिया, इंडोनेशिया, ब्रूनेड, फिलीपींस, सिंगापुर, मलेशिया, थाइलैंड, पपुआ, न्यूगिनी, न्यूजीलैंड तथा चिनी।

व्याख्या—इसकी स्थापना ऑस्ट्रेलियाई P.M. बॉब हॉक की पहल पर हुई थी। इन देशों का संयुक्त व्यापार विश्व के कुल व्यापार का 40 प्रतिशत से भी अधिक है।

Group of Seven Developed Countries (G-7) (सात विकसित देशों का समूह)

यह विश्व के 7 गैर-समाजवादी देशों का (जो औद्योगिक दृष्टि से विकसित हैं) संगठन है, जिसमें अमेरिका, कनाडा, जर्मनी, ब्रिटेन, फ्रांस, इटली व जापान शामिल हैं।

G-7 का पहला शिखर-सम्मेलन फ्रांस के पेरिस के निकट रैमबोनीलेट में

नवंबर 1975 में हुआ था। उस समय मात्र 5 प्रमुख औद्योगिक देश अमेरिका, इंग्लैंड, फ्रांस, जापान तथा प. जर्मनी थे। सन् 1976 में कनाडा और इटली शामिल हुए। रूस को हालाँकि G-7 में औपचारिक रूप से शामिल नहीं किया गया है, तथापि महत्त्वपूर्ण मुद्दों पर बातचीत के लिए उसे भी आमंत्रित किया जाता है। इस प्रकार से लिये ये निर्णय G-8 कहलाते हैं।

G-15 (पंद्रह निर्गुट एवं विकासशील देशों का समूह)

स्थापना वर्ष—सितंबर 1989

सदस्य राष्ट्र निम्नलिखित हैं—मैक्सिको, जमैका, वेनेजुएला, पेरू, ब्राजील, अर्जेंटीना, सेनेगल, अल्जीरिया, नाइजीरिया, जिंबाब्वे, मिस्र, भारत, मलेशिया, इंडोनेशिया तथा यूगोस्लाविया।

मुख्यालय—जेनेवा, स्विट्जरलैंड।

व्याख्या—यह विकासशील देशों का संगठन है, इसमें ब्राजील तथा मैक्सिको को छोड़कर शेष सभी देश निर्गुट राष्ट्र हैं। G-15 विकसित देशों के G-7 के विरुद्ध खड़ा किया गया कोई संगठन नहीं है, बल्कि विकासशील देशों के वृहत्तर संगठन G-17 को और भी अधिक सार्थक बनाने का प्रयास है।

G-24—यह 24 विकासशील देशों का समूह है, जिसका सदस्य भारत भी है, जो विश्व बैंक IMF तथा अंकटाड की बैठकों में विकासशील देशों के लिए पहल करता है।

G-77—इसकी स्थापना सन् 1964 में संयुक्त राष्ट्र के तत्त्वावधान में की गई थी। इस संगठन के तीसरी दुनिया—एशिया, अफ्रीका एवं लैटिन अमेरिका हैं। 30 सदस्य देश हैं। इसका उद्देश्य सदस्य राष्ट्रों का आर्थिक हित सरंक्षण है।

□

Exercise For Practice

Set - 1

1. योजना की स्थापना की गई—

(क) राष्ट्रपति के द्वारा अध्यादेश जारी करके।

(ख) संसद् द्वारा एक कानून बनाकर।

(ग) संघीय मंत्रिपरिषद् द्वारा एक विशेष प्रस्ताव पारित कर।

(घ) उपर्युक्त में से कोई नहीं।

2. मिश्रित अर्थव्यवस्था का अर्थ है—

(क) लघु व विशाल उद्योगों का साथ-साथ होना।

(ख) निजी व सार्वजनिक उद्योगों का साथ-साथ होना।

(ग) कृषि व उद्योगों का साथ-साथ होना।

(घ) निर्धन व अमीरों का साथ-साथ होना।

3. बैंक दर क्या है ?

(क) ब्याज की दर, जो रिजर्व बैंक व्यावसायिक बैंकों से लेता है।

(ख) ब्याज की दर, जो बैंक कर्जदारों से लेता है।

(ग) ब्याज की दर, जो व्यावसायिक बैंक जमाकर्ता को देता है।

(घ) ब्याज की दर, जो सहकारी बैंक अपने कर्जदारों से लेता है।

4. अनुसूचित बैंक (Scheduled Bank) का अभिप्राय उन बैंकों से है—

(क) जिनका राष्ट्रीयकरण नहीं हुआ है।

(ख) जिनका राष्ट्रीयकरण हो चुका है।

(ग) जिनका मुख्यालय विदेशों में है।

(घ) जिनका नाम रिजर्व बैंक की दूसरी अनुसूची में शामिल किया गया है।

5. आदेशात्मक और निर्देशात्मक योजना का आधारभूत अंतर क्या है ?

(क) आदेशात्मक योजना में आदेश्य सोपान बाजार तंत्र का स्थान पूरी तरह ले लेता है, जबकि निर्देशात्मक योजना में उसे बाजार प्रणाली के कार्यकरण को सुधारने का केवल एक साधन माना जाता है।

(ख) निर्देशात्मक योजना में किसी भी उद्योग के राष्ट्रीयकरण की कोई आवश्यकता नहीं होती।

(ग) आदेशात्मक योजना में सभी आर्थिक क्रियाकलाप लोकसेवक के हाथ में होते हैं।

(घ) निर्देशात्मक योजना में लक्ष्यों की सिद्धि सफलता से होती है।

6. भारत में योजना व्यय मुख्यत: पूरा किया जाता है—

(क) आंतरिक ऋणकर व अन्य साधनों से।

(ख) भारत सहायता क्लब की सहायता से।

(ग) अंतरराष्ट्रीय मुद्राकोष की सहायता से।

(घ) विदेशी ऋण से।

7. औद्योगिक क्षेत्र में कोर सेक्टर का तात्पर्य है—

(क) कृषि

(ख) रक्षा

(ग) लोहा एवं इस्पात

(घ) चयनित आधारभूत उद्योग

8. रुपए की परिवर्तनीयता का तात्पर्य है—
   (क) रुपए के नोटों के बदले सोना प्राप्त करना।
   (ख) मुद्राओं के लिए भारत में अंतरराष्ट्रीय बाजार का विकास करना।
   (ग) रुपए को अन्य प्रमुख मुद्राओं में और अन्य मुद्राओं को रुपए के मुक्त रूप से परिवर्तित करने की अनुमति।
   (घ) रुपए के मूल्य को बाजार की शक्तियों द्वारा निर्धारित होने देना।

9. राजकोषीय घाटे का अर्थ है—
   (क) मौद्रिककृत घाटे और बजट घाटे का योग।
   (ख) भारतीय रिजर्व बैंक से संघ सरकार द्वारा किए ऋणदान में हुई निवल वृद्धि।
   (ग) बजट घाटे और आंतरिक तथा बाह्य ऋणदान में निवल वृद्धि का योग।
   (घ) चालू व्यय और चालू राजस्व का अंतर।

10. राजकोषीय घाटा होता है—
   (क) आय से ज्यादा व्यय।
   (ख) गैर-योजनागत व्यय।
   (ग) व्यय से ज्यादा आय।
   (घ) विदेशी व्यापार संतुलन।

11. निम्नलिखित में से कौन M के अंतर्गत नहीं आते हैं?
   (क) जनता के पास मुद्रा।
   (ख) बैंकों की सावधि जमा।
   (ग) जनता के पास सिक्के।
   (घ) बैंकों की माँग जमा।

12. कीमत स्तर के साथ मुद्रा का मूल्य कब परिवर्तित होता है?
   (क) प्रत्यक्ष अनुपात में।
   (ख) समान अनुपात में।

(ग) प्रतिलोम अनुपात में।

(घ) उपर्युक्त में से कोई नहीं।

13. एक कर्मचारी की वास्तविक मजदूरी क्या है ?

(क) धन के रूप में दी गई आय।

(ख) मुद्रा की क्रय-शक्ति।

(ग) मजदूरी के अतिरिक्त अन्य लाभ।

14. निम्नलिखित में से कौन परिवर्ती लागत (Variable Cost) का भाग है ?

(क) मूल्य ह्रास।

(ख) डिबेंचर में प्रदत्त ब्याज।

(ग) कच्चे माल के लिए प्रदत्त कीमत।

(घ) किराया।

15. माँग की कीमत लोच निम्नलिखित में से किसके बीच के संबंध को स्पष्ट करती है ?

(क) आयु में आनुपातिक परिवर्तन और माँग में आनुपातिक परिवर्तन।

(ख) वस्तु की उपयोगिता और माँग की गई मात्रा।

(ग) किसी वस्तु की उपयोगिता के मूल्य में आनुपातिक परिवर्तन और उसकी माँग में आनुपातिक परिवर्तन।

(घ) प्रतिस्थापन्न वस्तुओं की कीमत में आनुपातिक परिवर्तन और माँग की गई मात्रा में आनुपातिक परिवर्तन।

16. बंद अर्थव्यवस्था से आप क्या समझते हैं ?

(क) आयात बंद।

(ख) नियंत्रित पूँजी।

(ग) निर्यात बंद।

(घ) आयात-निर्यात बंद।

(ङ) उपर्युक्त सभी।

17. 'X' की स्थानापन्न की कीमत उतरती है तो 'X' की माँग—
   (क) बढ़ती है।
   (ख) घटती है।
   (ग) यथास्थिर रहती है।
   (घ) उपर्युक्त सभी।
   (ड) इनमें से कोई नहीं।

18. राष्ट्रीय आय—
   (क) उत्पादन लागत पर निवल राष्ट्रीय उत्पाद है।
   (ख) बाजार मूल्य पर निवल देशी उत्पाद है।
   (ग) उत्पादन लागत पर नियत देशी उत्पाद है।
   (घ) बाजार मूल्य पर निवल राष्ट्रीय उत्पाद है।

19. ऋण क्या है ?
   (क) स्टॉक संकल्पना।
   (ख) प्रवाह संकल्पना।
   (ग) स्टॉक प्रवाह संकल्पना।
   (घ) उपर्युक्त सभी।
   (ड) इसमें से कोई नहीं।

20. सुपर 301 संबंधित है—
   (क) मानवाधिकार से।
   (ख) मुक्त व्यापार में अवरोध से।
   (ग) परमाणु विस्फोट से।
   (घ) अंतरराष्ट्रीय संधि से।
   (ड) उपर्युक्त सभी से।
   (च) उपर्युक्त में से कोई नहीं।

नोट : उपर्युक्त प्रश्नों का उत्तर सभी Option में चिह्नित किया गया है। जो बोल्ड किया गया है, उस प्रश्न का उत्तर वहीं बोल्ड किया गया है।

Set - 2

Mains For Exam UPSC/SSC/PSC/R.R.B.

सामान्य अध्ययन

1. NABARD (नाबार्ड) के बारे में आप क्या जानते हैं, या परिभाषित करें ?
2. टोबिन कर क्या है ?
3. सिडबी (SIDBI) क्या है ?
4. कृषि बैंक क्या है ?
5. व्यापार संतुलन और भुगतान संतुलन में अंतर स्पष्ट करें ?
6. मिश्रित अर्थव्यवस्था से आप क्या समझते हैं ?
7. योजना अवकाश क्या है ?
8. नकद आरक्षित अनुपात क्या है ?
9. एकल राष्ट्रीय उत्पाद (GNP) और निवल राष्ट्रीय उत्पाद (NNP) में क्या अंतर है ?
10. कब और क्यों सेबी की स्थापना की गई ?
11. ADB एशियन विकास बैंक की स्थापना कब हुई ?
12. GNP, NNP, GDP क्या है ?
13. G-15 क्या है ?

नोट : उपर्युक्त प्रश्नों का हल इस पुस्तक की सहायता से आप स्वयं हल कर सकते हैं।

□

महत्त्वपूर्ण तथ्य

मीड डे मील योजना—15 अगस्त, 1995 से इसे 2368 प्रखंडों (ब्लॉकों) में प्रारंभ किया गया। इसमें 5वीं कक्षा तक के विद्यार्थियों (अब 8वीं कक्षा तक) को दोपहर में भोजन दिया जाता है।

शैक्षणिक ऋण योजना—केंद्रीय बजट में शैक्षणिक ऋण योजना सन् 2001–02 में शुरू की गई, जिसमें राष्ट्रीयकृत बैंकों से विद्यार्थियों को कम ब्याज दर पर ऋण दिया जाता है। U.P., P.C.S.- 1992, 2003, 2007 (Mains)

प्रश्न—भारत में राष्ट्रीय नियोजन समिति का गठन किसकी अध्यक्षता में किया गया और कब?

उत्तर—पं. जवाहरलाल नेहरू, सन् 1938

प्रश्न—पंचवर्षीय विकास परिषद्

उत्तर—राष्ट्रीय विकास परिषद्

प्रश्न—'भारत के लिए आयोजित अर्थव्यवस्था' (Planned Economy of India) नामक पुस्तक किसने लिखी?

उत्तर—एम. विश्वेश्वरैया

प्रश्न—खाड़ी युद्ध का भारतीय अर्थव्यवस्था पर क्या प्रभाव पड़ा?

उत्तर—राजकोषीय घाटा होने लगा, भुगतान संतुलन और मुद्रास्फीति को काफी नुकसान पहुँचाया।

बजट (Budget)—'बजट' शब्द फ्रेंच (French) भाषा के

Bougtee शब्द से लिया गया है, जिसका अर्थ होता है—चमड़े का थैला।

ब्रिटेन में सर्वप्रथम वित्त मंत्री के थैलों को व्यंग्य में बजट कहा गया।

बजट तीन प्रकार का होता है—

1. संतुलित बजट—सरकार के बजट में जब आय-व्यय दोनों एक-दूसरे के बराबर होते हैं, तो उसे 'संतुलित बजट' कहते हैं।
2. आधिक्य बजट—जब सरकार द्वारा व्यय की गई रकम उसके द्वारा प्राप्त की गई आय से कम हो, उसे 'आधिक्य बजट' कहते हैं।
3. घाटे का बजट—जब सरकार द्वारा व्यय की गई रकम उसके द्वारा प्राप्त की गई आय से अधिक हो, तो उसे 'घाटे का बजट' कहते हैं।

वायुयान—भारत में वायु परिवहन का शुभारंभ 18 फरवरी, 1911 को इलाहाबाद से नैनी के बीच शुरू हुआ, डाक सेवा के लिए।

प्रथम भारतीय पॉलट जहाँगीरजी टाटा थे।

Air India (एयर इंडिया)—विदेशों के लिए सेवाएँ उपलब्ध कराती है, जो 16 अंतरराष्ट्रीय हवाई अड्डों से सीधे जुड़े हुए हैं। भारत का कुल 97 देशों के साथ द्विपक्षीय उड़ान समझौता है।

Indian Airlines (इंडियन एयरलाइंस)—घरेलू सेवा को प्रदान करता है जैसे—नेपाल, भूटान, श्रीलंका, पाकिस्तान, म्याँमार, बाँग्लादेश आदि।

पवनहंस—सन् 1985 में पवनहंस सेवा की शुरुआत की गई, जो दुर्गम क्षेत्रों में हेलीकॉप्टर सेवा प्रदान करती है।

यह एशिया की सबसे बड़ी हेलीकॉप्टर सेवा है, इसे ISO9001 प्रमाणपत्र दिया गया है।

N.H-7 सबसे लंबा राष्ट्रीय राजमार्ग है तथा N.H-47 सबसे छोटा राष्ट्रीय राजमार्ग है।

N.H की कुल लंबाई 57,700 किलोमीटर है।

□□□